TOMMY KRAPPWEIS

GHOSTSITTER

Vorsicht! Poltergeist!

Schneiderbuch
EGMONT

Bücher von Tommy Krappweis bei Schneiderbuch:

Ghostsitter – Band 1: Geister geerbt
Ghostsitter – Band 2: Vorsicht! Poltergeist!
Mara und der Feuerbringer
Mara und der Feuerbringer – Das Todesmal
Mara und der Feuerbringer – Götterdämmerung

Weitere Bücher von Tommy Krappweis sind
bei Schneiderbuch in Vorbereitung.

1. Auflage

verlegt durch EGMONT Verlagsgesellschaften mbH,
Gertrudenstraße 30–36, 50667 Köln

Umschlagillustration und Vignetten: Timo Grubing
Umschlaggestaltung: Timo Grubing
Satz: Greiner & Reichel, Köln
Printed in Germany (671575)
ISBN 978-3-505-13851-5

MIX Papier FSC FSC® C014496

Kapitel 1:
Leider verflucht

Tom tat das, was er in den letzten Tagen und Wochen schon so oft getan hatte. Er starrte. Inzwischen war er ein richtiger Starr-Profi geworden, und bei nächster Gelegenheit würde er mal ausprobieren, ob er im Wettstarren vielleicht sogar Zombie Wombie besiegen konnte. Jetzt allerdings war dafür keine Zeit. Denn schließlich starrte Tom ja aus einem ganz bestimmten Grund auf seine seltsamen Freunde, die rein zufällig die Bewohner seiner eigenen Geisterbahn waren.

»Ihr wollt … was?«, stammelte Tom noch einmal, nur um sicherzugehen, dass er sich nicht verhört hatte.

»Wir wollen nicht, aber wir sollten«, korrigierte Vlad der Vampir.

»Und zwar von hier verschwinden«, knurrte Welf

der Werwolf. Sein Bonus-Onkel war um diese Tageszeit und ohne Vollmond zwar voll und ganz menschlich, aber der kurz angebundene Einwurf klang so wölfisch, dass Tom unwillkürlich einen Schritt zurückwich.

Es war schon ziemlich seltsam, einen Werwolf als Erziehungsberechtigten zu haben. Aber Tom konnte mit vierzehn Jahren nicht einfach alleine in der Gegend herumreisen. Da war die Lösung mit Welf als angeblichem Verwandten natürlich perfekt gewesen, als Tom vom Bruder seiner Oma eine Geisterbahn geerbt hatte. Denn im Gegensatz zu den anderen Bewohnern der *Schreckensfahrt* sah Welf außer bei Vollmond recht normal und menschlich aus.

»Aber … aber wir sind doch gerade erst hier angekommen, übermorgen muss die Geisterbahn fertig aufgebaut hier auf dem Marktplatz stehen!«, rief Tom jetzt und lief aufgeregt hin und her. »Wir haben schon drei Tage verloren, weil wir so lange gebraucht haben, um den Zirkuswagen in Schuss zu bekommen. Eigentlich sollten wir auf dem Kirchweihfest in Bad Reichenhall stehen, aber das haben wir jetzt verpasst.«

»Wissen wir, Tom.« Das grün schimmernde Geistermädchen Mimi war im Zwielicht des Zirkuswagens dank der lichtdichten Vorhänge gut zu erkennen. Sie schwebte neben Vlarad und sah Tom aus ihren großen Augen traurig an. »Es bringt nichts, wenn du –«

»Ich sag euch, was nichts bringt!«, unterbrach Tom sie. »Mit dem Gespann quer durch Deutschland bis hierher ins Saarland zu gurken und dann wieder heimzufahren – das bringt nix! Außer irrsinnige Benzinkosten, verdammt!« Genervt stampfte Tom auf, und das Geschirr in dem wackeligen Regal neben ihm schepperte lautstark mit.

»Gmmmhhh«, machte Wombie der Zombie, und legte seinen rosa Stoffhasen schützend in die massige Armbeuge.

Tom seufzte. »Tut mir leid, Wombie, ich wollte Odor nicht erschrecken. Aber könnt ihr denn meinen Frust nicht verstehen? Wir waren doch so froh, dass wir diesen Platz hier auf dem Jahrmarkt in letzter Sekunde ergattert haben, und jetzt wollt ihr nicht aufbauen, weil …«

»Weil hier etwas nicht in Ordnung ist«, beendete der Vampir Toms Satz.

»Gmpf mff gfmpf sgmpf«, setzte da Hop-Tep die Mumie hinterher, und Tom drehte sich seufzend zu dem einbandagierten Prinzen um. »Bitte was?«

Mimi verdrehte die Augen, als wäre es sonnenklar, was Hop-Tep unter seinen Bandagen genuschelt hatte. »Er sagte: ›Ganz und gar nicht sogar.‹ Und er hat recht damit. Hier stimmt etwas ganz und gar nicht, und wir sollten hier auf gar keinen Fall die *Schreckensfahrt* aufbauen. Und wenn du Hop-Tep verstehen willst, solltest du vielleicht mal deine telepathische Verbindung mit uns einschalten.«

Tom ließ sich laut stöhnend auf sein Bett fallen und schlug die Hände vors Gesicht. Mimi hatte natürlich recht, aber das nervte ihn nur noch mehr. »Wisst ihr eigentlich, wie nervig es war, diesen superoberschlecht gelaunten Veranstalter dazu zu kriegen, dass wir den Standplatz bekommen? Außerdem ist das nicht der einzige Markt, den dieser Typ veranstaltet! Wir brauchen den! Und jetzt soll ich zu ihm hingehen und erzählen, dass wir doch keinen Bock haben und wieder heimfahren? Was glaubt ihr, was der sagt? Ach, na gut, aber Hauptsache ihr kommt zu den anderen Terminen? Der streicht uns glatt komplett für all seine Märkte!«

»Nicht nur das«, brummte Welf, und Tom drehte sehr langsam den Kopf zu dem Werwolf. »*Nicht nur das?* Was bitte ist denn schlimmer, als dass wir mal eben zehn Spielstätten verlieren, bevor wir überhaupt angefangen haben?«

»Ist ein Scheißplatz für 'nen Markt. Nicht nur wir sollten abhauen. Auch alle anderen. Sag ihm das«, antwortete der Wolfsmensch ungerührt, und alle außer Wombie nickten.

Tom hatte das Gefühl, ihm würden jeden Moment

die Augen aus dem Kopf fallen und wie zwei Murmeln über den Holzboden rollen.

»W… wie bitte?«, stotterte er. »Alle sollen weg von hier? Alle Buden, alle Schausteller, das Festzelt … Also echt *alle*? Niemand soll hier einen Jahrmarkt abhalten?«

Wieder nickten alle außer dem Zombie.

»Wombie!«, rief Tom mit einer letzten verzweifelten Hoffnung in der Stimme. »Du hast nicht genickt. Du bist auf meiner Seite, oder? Was sagst du dazu? Was sagt dein Stoffhase? Was meint ihr beide, sollten wir nicht einfach …«

»Gmmmhhh«, machte Wombie und schüttelte den Kopf. Das war selten. Und eindeutig.

Tom klappte den Mund zu. Er griff sein Kopfkissen und drückte es sich fest auf den Mund. Erst dann schrie er mit allem, was die Stimmbänder hergaben, in das Kissen hinein.

Die anderen warteten geduldig, bis Tom tief durchgeatmet und sich wieder aufgerichtet hatte.

Der nickte schließlich langsam. »Also gut. Okay, okay. Ich will keiner von diesen Typen sein, die alles ignorieren, bis es zu spät ist. Sagt mir bitte, was los ist, und dann versuche ich, mit dem Veranstalter zu reden.«

»Wir wissen nicht, was los ist«, antwortete Vlarad und zuckte mit den Schultern.

Tom stieß ein Geräusch aus, das klang wie eine Mischung aus Jammern, Schrei und Dampfturbine. »Ihr macht mich wahnsinnigggggggg…«, knirschte er zwischen zusammengepressten Lippen hervor, aber der Vampir sprach ungerührt weiter: »Alles, was wir wissen, ist, dass hier auf diesem Platz etwas nicht stimmt. Und darum ist es ein denkbar schlechter Ort für eine Geisterbahn und ein nahezu törichter Ort für einen Jahrmarkt.«

»Das soll ich dem Veranstalter jetzt so sagen?«, fragte Tom mit lahmer Stimme, und Vlarad nickte.

»Okay. Alles klar. Wird bestimmt supi. Boah, wie ich mich freu. Onkel Welf, kommst du wenigstens mit, falls er mir den Hals auf den Rücken drehen will?«

»Das soll er probieren«, grollte Welf, und Tom hob die Hand. »Nein, das soll er bitte nicht. Bitte halt ihn *vorher* auf.«

Kaum hatte Tom zu Ende gesprochen, da fühlte es sich plötzlich so an, als würden seine Knie weich. Gleichzeitig fing das Geschirr in der Besteckschublade an zu klappern, dann auch die Teller in dem kleinen Hängeschrank. Doch so schnell, wie es gekommen war, endete das seltsame Beben auch schon wieder, und Tom sah verwundert in die Runde. »Was bitte war *das* denn?«

»Die landläufige Erklärung dafür wäre: Ein Erdbeben«, antwortete der Vampir ausweichend.

»Echt jetzt«, maulte Tom genervt. »Und was wäre die unlandläufige Erklärung?«

»Es ist zu früh, um darüber Mutmaßungen anzustellen, die uns alle beunruhigen«, sprach der Vampir.

Tom lachte trocken auf. »Ha. Du meinst Mutmaßungen, die *mich* beunruhigen, stimmt's? Glaub mir, ich halt viel aus.«

Der Vampir sah ihn ernst an und sagte dann: »Nein, in diesem Fall geht es nicht nur um dich. Damit meinte ich tatsächlich, dass es uns alle beunruhigt, mein Junge. Es gibt Dinge, die auch uns Respekt einjagen.«

Kapitel 2:
Anstalten vom Veranstalter

Frank Barthelmann sah zwischen Tom und Welf hin und her. »Ich wiederhole das mal: Erst meldet ihr euch knapp zwei Tage vor der Eröffnung. Dann nervt ihr mich ohne Ende, bis ich euch einen Platz freiräume, und jetzt wollt ihr wieder abhauen, und ich soll auch gleich den ganzen Markt abblasen?«

Der Veranstalter fuhr sich mit beiden Händen über die Glatze, und Tom bemerkte die vielen Tätowierungen auf den Armen des kräftigen Mannes. Der schnaufte kurz und heftig wie ein Stier und schüttelte dann den Kopf, als müsse er überprüfen, ob er wach sei. »Wisst ihr zwei Witzkanonen eigentlich, wie lange ich gebraucht hab, um diesen Jahrmarkt hier veranstalten zu können?«

Tom und Welf schwiegen.

»Vier verdammte Jahre hab ich am Bürgermeister

rumgebaggert, bis er mitsamt den Kasperlköpfen im Stadtrat endlich sein Okay gegeben und die blöde Unterschrift auf den Wisch geschmiert hat! Vier Jahre! Und das nur wegen irgendeinem dämlichen Verbot aus dem achtzehnten Jahrhundert, was heute gar keinen Sinn mehr macht!« Barthelmann begann damit, mitten auf dem Platz hin- und herzutigern. Erhitzt deutete er auf die umliegenden Buden, die fast fertig aufgebaut waren. »Und ich werde ganz sicher nicht zu denen allen hinkriechen und sie wieder nach Hause schicken, nachdem ich erst alle bekniet habe, hierherzukommen! Vor allem nicht, weil ein komisches Kind und sein Onkel das gerne hätten!«

Er streckte den Zeigefinger aus und fuchtelte Tom damit vor der Nase herum. »Ihr zwei Reißzwecken könnt mir den Schwammbuckel runterrutschen!« Das Gesicht des Mannes lief genauso schnell rot an, wie auch seine Stimme immer lauter wurde. »Wenn ihr Spinner wieder abhauen wollt, von mir aus! Und das eins klar ist: Ich brauch euch dann auch nicht auf meinen anderen Märkten! Ich hab genug andere Hirnis, die mir nur Stress machen. Und eins sag ich euch: Die Platzmiete zahlt ihr mir trotzdäääähhh…«

Blitzschnell hatte Welf den Zeigefinger des wütenden Mannes eingefangen und hielt ihn einfach fest. Der Veranstalter versuchte, seinen Finger aus Welfs

Faust herauszuziehen, aber zu seiner Überraschung bewegte sich diese keinen Millimeter. Es sah aus, als hätte Barthelmann seinen Finger in der Hand einer steinernen Statue verklemmt.

»Sie können das bestimmt auch alles erklären, ohne uns zu beleidigen«, knurrte Welf. »Ich bin mir da ganz sicher.«

Er wartete noch einen kurzen Moment, dann erst ließ er den Finger des Mannes so plötzlich los, dass der ein paar Schritte rückwärts stolperte.

Tom versuchte, die Wogen ein wenig zu glätten. Es half nichts, wenn diese Diskussion jetzt völlig aus dem Ruder lief.

»Wir würden sehr gerne bleiben, Herr Barthelmann. Aber wir glauben, dass alle Menschen hier in Gefahr sind. Die Leute mit ihren Buden und Fahrgeschäften, die Gäste, die ab morgen kommen, und Sie selbst genauso.«

Der Veranstalter rieb sich den Zeigefinger und sah Tom genervt an. »Blödsinn. Das hier ist einfach nur ein alter Marktplatz, auf dem seit Ewigkeiten nix mehr stattfindet, weil sich das Zentrum in den Osten der Stadt verlagert hat. Was bitte soll denn hier so Gefährliches sein? Tödliche Taubenscheiße? Raketenwürmer?«

Tom sah Hilfe suchend zu Welf hinüber, doch der schüttelte kaum merklich den Kopf. Tom seufzte.

»Aber haben Sie denn das Beben vorhin nicht gespürt?«

Der Veranstalter sah Tom an, als würde er gleich einen Arzt rufen wollen. »Beben? Was für ein Beben? Hast wohl was Falsches gegessen. Das fühlt sich manchmal so ähnlich an.«

»Oh Mann! Das war kein Blubbern wegen Pupsgemüse, verdammt!« Tom wurde nun richtig sauer. »Das war was anderes! Wir wissen nicht genau, was los ist. Aber wir wissen, *dass* was los ist. Glaub ich.«

Tom wusste, dass er mit dieser Begründung wohl kaum Erfolg haben würde. Hoffnungsvoll suchte er im Gesicht des Mannes nach irgendeiner Regung, die man positiv deuten konnte, fand aber keine.

»Sie glauben uns nicht«, seufzte Tom. »Warum sollten Sie auch.«

Barthelmann sah ihn regungslos an. »Genau. Und jetzt haut ab und macht, was ihr wollt, ist mir egal. Ich hab zu tun.«

Dann drehte er sich um und stapfte einfach davon.

»Und jetzt?«, fragte Tom.

»Jetzt müssen wir wohl bleiben«, brummte Welf, und Tom sah ihn verwundert an.

Kapitel 3:
Eine folgenschwere Entscheidung

Welf hat recht. Wir müssen bleiben«, sprach Vlarad der Vampir salbungsvoll, nachdem Tom ihnen allen von seinem Gespräch mit dem Veranstalter berichtet hatte. »Wir lassen die Menschen hier nicht ahnungslos ins Verderben rennen.«

»Wow.« Tom war wirklich beeindruckt. »Das ist ja cool.«

»Oder saudumm«, entgegnete Welf. »Kommt drauf an, mit was wir es zu tun bekommen.«

»Was oder wer auch immer es sein mag«, der Vampir richtete sich auf, und seine Augen blitzten voller Tatendrang, »wir haben einst geschworen, den Menschen kein Leid zuzufügen. Und dazu zählt auch unterlassene Hilfeleistung. Vor allem, wenn wir die Einzigen sind, die die Gefahr spüren.«

Vlarad streckte seine Hand aus. »Wir bleiben.«

Welf legte seine haarige Hand stumm auf die des Vampirs. Mimi tat ihr Bestes, um ihre schimmernden Finger an einer Stelle zu halten, ohne dass sie durch die anderen Hände hindurchglitten.

Auch Hop-Tep die Mumie nickte und legte ihre bandagierten Finger auf die der anderen.

»Gmmmhhh«, machte da sogar Wombie, legte seine Hand auf die des Pharaos und hielt dann mit der anderen Hand behutsam den Plüscharm seines Stoffhäschens Odor so, dass auch das Kuscheltier den Pakt mitbeschließen konnte.

Tom war so ergriffen von dem Moment und bemerkte erst gar nicht, wie alle auf ihn warteten. »Oh, sorry, klar!«, rief er und legte seine Hand ganz oben drauf.

Vlarad nahm einen tiefen Atemzug. Dann ließ er einen leisen Summton erklingen. Zu Toms Überraschung stimmten die anderen ein, sogar Wombie war deutlich zu hören. Zunächst klang es ziemlich schräg für Toms Ohren, doch auf einmal fanden sich die fünf Stimmen. Urplötzlich dröhnte in seinem Kopf ein gigantischer Chor im vollständigen Einklang wie der Ton einer riesigen Kirchenglocke. Und über diesem fantastischen Singen schien die majestätische Stimme des Vampirs zu schweben:

»Ewig Zeit ward uns gegeben.
Wahr und Gut sei unser Streben.
Ehren wollen wir das Leben.«

Dann löste der Vampir die Verbindung, und der Chor in Toms Kopf verstummte, als hätte man ein Lautsprecherkabel durchschnitten.

»Ihr macht immer so krasses Zeug«, murmelte er, und Mimi lächelte. »Das hast du aber schön gesagt. Also, während ihr weg wart, hab ich versucht, irgendwas Genaueres zu erspüren. Leider kann ich nichts Neues berichten. Ich weiß nur, es ist auf keinen Fall menschlich oder mechanisch. Da ist nur dieses komische …«

»… düstere Raunen«, beendete Vlarad ihren Satz.

»Genau! Das trifft's!«, rief Mimi aufgeregt. »Ich glaube, da musst du ran, Vlarad. Du hast am meisten Erfahrung.«

Der Vampir nickte.

Tom atmete tief durch. »Also gut, dann bauen wir jetzt doch auf. Oh Mann, der Barthelmann wird denken, wir sind nicht ganz normal.«

Welf grinste grimmig. »Ein Mensch und fünf Untote, die zusammen in einer Geisterbahn leben? Er könnte recht haben.«

Vlarad grinste, Mimi lachte, und sogar unter Hop-Teps Bandagen hörte man ein Kichern.

»Also, Welf, geleite doch unseren Jungen nach draußen, während wir hier drin alles für den Aufbau vorbereiten. Bitte haltet uns den Veranstalter vom Hals. Es könnte unangenehm werden, falls er genau jetzt hier reinplatzt.«

»Ihr habt nicht zufällig die Möglichkeit, den Typ in irgendwas Leises und ganz arg Liebes zu verzaubern? In einen Hamster, ein Backenhörnchen oder vielleicht in einen Polstersessel?«, fragte Tom hoffnungsvoll.

»Durchaus«, antwortete der Vampir. »Aber wer erklärt ihm alles, wenn der Zauber endet?«

»Muss er denn enden?«

»Alles endet irgendwann.«

Tom verdrehte die Augen. Typischer hätte Vlarads Antwort nicht ausfallen können. »Okay, ich gebe auf. Bis später und viel Erfolg beim … was immer ihr da jetzt macht.«

»Danke«, sagte der Vampir, Mimi lächelte, und der bandagierte Pharao nickte. Wombie sagte nichts.

Kapitel 4:
Die Schrat

Tom trat mit Welf aus dem Zirkuswagen. Er hatte keine Ahnung, wie lange man normalerweise brauchte, um eine Bude oder ein Fahrgeschäft aufzubauen. Doch es sah so aus, als würden alle anderen Marktteilnehmer problemlos übermorgen eröffnen können.

Nur sie selbst hatten tatsächlich noch gar nichts geschafft. Immerhin stand der Zirkuswagen schon an der richtigen Stelle hinter dem klapprigen Truck mit Anhänger, in dem sich die gesamte Geisterbahn befand.

»Was müssen die denn jetzt so Geheimes vorbereiten?«, fragte er Welf neugierig, doch der Werwolf antwortete nur ausweichend: »Komm hier rüber, noch ein bisschen weiter weg von der Geisterbahn.«

Tom seufzte, folgte Welf hinaus auf den Platz und

sah sich um. Auf dem Platz ging die Sonne gerade unter und tauchte alles in orangerotes Licht. Die alte, verlassene Kirche gegenüber warf lange Schatten quer über das abgewetzte Kopfsteinpflaster, und die knorrigen Bäume rundherum sahen aus, als würden sie sich sehnsuchtsvoll in die Dunkelheit strecken.

»Was für'n komischer Ort für einen lustigen Jahrmarkt«, murmelte Tom.

»Was für ein perfekter Ort für unsere *Schreckensfahrt*«, entgegnete Welf.

»*Schrat.*«

»Wie bitte?«

»Mimi hat erzählt, beim Zusammenpacken sind noch ein paar mehr Glühbirnen zu Bruch gegangen. Die *Schreckensfahrt* heißt jetzt nur noch *Schrat.*«

Welf schnaubte genervt. »Verdammt, diese alten Kohlefaden-Glühbirnen sind so schwer zu kriegen, empfindlich und auch noch sauteuer.«

»Warum nehmen wir denn nicht einfach moderne LED-Lampen? Die halten ewig und gehen fast nie kaputt«, fragte Tom verwundert.

Welf sah Tom an, als wäre der nicht ganz dicht. »Weil wir immer Kohlefaden-Lampen dafür verwendet haben.«

»Was ist denn das für ein Grund, der gar keiner ist?«, entgegnete Tom.

Der Werwolf musterte ihn seltsam. Hatte er wirklich nicht verstanden, was Tom meinte?

Tom runzelte die Stirn. »Also, wenn du jetzt gesagt hättest, dass diese speziellen Lampen sehr lange halten oder besonders hell sind, hätte ich das ja kapiert. Aber wenn's nur drum geht, dass sie unsere Leuchtschrift da oben hell machen sollen, dann nehmen wir doch besser moderne LED-Birnen. Die halten ewig und kosten nur –«

Der Werwolf unterbrach ihn unwirsch. »Willst du uns jetzt erklären, wie wir die *Schreckensfahrt* instand zu halten haben? Wir verwenden diese Lampen seit über siebzig Jahren!«

Tom wich Welfs ärgerlichem Blick nicht aus. »Und die ganze Zeit über ist keiner auf die Idee gekommen, andere zu verwenden? Respekt.«

»Hier geht es um Tradition!«

»Ich dachte, hier geht's um Glühbirnen.«

Welf schnaubte. »Du hast keine Ahnung.«

»Und keinen Cent in der Tasche, um aus der *Schrat* wieder die *Schreckensfahrt* zu machen, Welf. Vor allem dann nicht, wenn wir die Birnen dafür einzeln im Antiquitätenladen ersteigern müssen! Dieser Kasten hier ist alt, staubig, klapprig, und natürlich könnt ihr die Leute besser erschrecken als jede andere Geisterbahn auf der Welt! Aber dafür müssen die Leute erst mal hier reingehen und vorher *Eintritt* löhnen. Und das wird schwierig, wenn das Ding von außen aussieht wie ein Schrottplatz und man sich fragt, was einen wohl erwartet in der *Schrat.* Wir brauchen Monitore, die zeigen, was drin abgeht! Wir brauchen computergesteuerte Figuren auf der Balustrade, coole Sounds, coole Mucke und Lichteffekte hier draußen! Sonst kacken wir einfach nur ab, und dann sind wir noch mehr pleite, als wir eh schon sind!«

Der Werwolf wollte etwas erwidern, doch dann schwieg er. Tom wartete ab. Er wusste, dass er die besseren Argumente hatte, aber vielleicht hätte er sie doch weniger patzig vorbringen können.

»Du hast ja recht, Junge«, murmelte Welf plötzlich. »Modernisierung ist nicht gerade unsere Stärke. Mimi ist die Einzige von uns, die sich mit Smartphones, Computern und Internet auskennt, und das, obwohl sie nicht einmal selbst klicken kann. Wir anderen hätten gerne alles am liebsten so, wie es immer war.«

Für Welfs Verhältnisse war das eine ziemlich lange Rede gewesen und sehr persönlich noch dazu. Tom brauchte einen Moment, bis er die richtige Antwort gefunden hatte. Doch dann legte er seinem Bonus-Onkel die Hand auf die kräftige Schulter und sagte: »Lass uns aufbauen.«

Ein Lächeln umspielte Welfs schmale Lippen. Dann nickte er.

»Und wie fangen wir jetzt an?«, fragte Tom.

»Sobald es hier richtig stockfinster ist, legen wir los. Und wenn es hell wird, werden wir fertig sein«, sagte Welf.

In dem Moment gingen links und rechts von ihrem Standplatz flackernd zwei Straßenlaternen an und tauchten Zirkuswagen und Truck in helles Neonlicht. Fragend blickte Tom zu Welf. Der zog nur kurz die Augenbrauen hoch und stapfte los in Richtung der ersten Laterne. Dort angekommen, sah er sich kurz verstohlen um. Kaum war er sicher, dass niemand außer Tom zu ihm hersah, hatte er mit einem einzigen Ruck die Serviceabdeckung im Sockel abgerissen.

Krass, wie kann der eine verschraubte Metallplatte einfach so abrupfen?, fragte sich Tom.

Noch erstaunter war er, als Welf einfach in das Kabelgewirr fasste. Es blitzte und britzelte kurz, dann ging die Laterne aus. Nur Sekunden später erlosch auch das Licht der anderen Laternen links und rechts von ihrem Standplatz.

Tom zuckte zusammen, als der Werwolf urplötzlich wieder neben ihm stand. »Wie kannst du so verdammt schnell sein?«, staunte er. »Und was hast du verdammt noch mal für *Fingernägel*?«

Welf hob seine Hand, und Tom sah, wie sich die dicken, spitzen Nägel wieder in die Finger zurückzogen. Er schluckte. »Wie macht man denn da Maniküre? Mit einer Flex?«

Der Werwolf lachte heiser. »Nein, tatsächlich kann ich sie nur mit den eigenen Zähnen stutzen. Die sind noch härter.«

Tom grinste. »Cool, eine Ausrede zum Nägelkauen. Und jetzt?«

»Jetzt ist es dunkel genug, dass wir beide nicht alles alleine aufbauen müssen.«

Welf stieß einen lauten Pfiff aus, und kaum war der Ton verklungen, bemerkte Tom, dass sich in den Schatten rund um ihren Truck etwas bewegte. Die Ladeklappe öffnete sich, und für wenige Sekunden glaubte er, die Schemen des Vampirs zu erkennen, der ein paar seltsame Bewegungen mit den Händen vollführte.

Doch da schien die Luft zu flimmern, und alles war wieder wie vorher. Auch der Truck war plötzlich wieder verschlossen, und nichts rührte sich mehr. Tom wollte sich gerade an Welf wenden, doch der sah ihn geheimnisvoll an und grinste. »Bleib einfach hier stehen und zähl bis hundertvierundzwanzig. Wenn jemand kommt, ruf mich, okay?«

Tom nickte. »Okay. Aber …« Er stockte, als der

Werwolf nach wenigen Schritten einfach verschwunden war. Wie konnte das sein? Welf war zwar schnell, aber nicht SO schnell. Verwundert starrte Tom in die Dunkelheit hinein. Aber dort war nichts zu sehen, was nicht die ganze Zeit zu sehen gewesen war. Der Zirkuswagen, der Truck und jede Menge Dunkelheit.

Mussten die nicht jetzt mal irgendwas ausladen? Und das Ausgeladene dann zusammenbauen und festschrauben und …

Na ja, er würde das bestimmt alles gleich erfahren. Tom zuckte mit den Schultern und begann, leise zu zählen.

Ein bisschen doof kam er sich schon vor, hier zählend in der Dunkelheit zu stehen und dabei auf einen Lastwagen zu starren, um den sich nichts – aber auch wirklich gar nichts – bewegte.

»Hundertachtzehn, was soll's, hundertneunzehn, gleich weiß ich ja, hundertzwanzig, was sie sich dabei ged… AH!«

Der Werwolf war wie aus dem Nichts direkt vor ihm erschienen! »Oh Mann, Welf, musst du mich so erschrecken, ey!«

»Komm«, sagte Welf nur und winkte Tom zu sich heran.

Sein Onkel gab sich alle Mühe, es zu verbergen. Trotzdem bemerkte Tom, dass er es kaum erwarten konnte, ihm zu zeigen, was auch immer er ihm zeigen wollte.

Neugierig und auch ziemlich aufgeregt ging Tom ein paar Schritte auf seinen Onkel zu, doch plötzlich blieb er wie angewurzelt stehen und staunte sich das Hirn aus dem Kopf.

Direkt vor ihm stand von einem Wimpernschlag zum nächsten die Geisterbahn – fertig aufgebaut und betriebsbereit!

»W… wie … aber … das …«, stotterte Tom und blinzelte in das Licht der unzähligen Glühbirnen an der Fassade.

Mimi war im Licht der vielen Lampen kaum zu erkennen, aber ihre Stimme erklang direkt neben ihm. »Hi, hi, cool, oder?«

»Obersupermegacool!«, brachte Tom hervor.

»Wenn du wissen willst, wie das geht, tritt mal 'nen halben Meter zurück«, forderte Mimi ihn auf.

Tom nickte und machte einen Schritt rückwärts. Urplötzlich stand er wieder im Dunkeln, und von der Geisterbahn war nichts mehr zu sehen. Einer Ahnung folgend ging er wieder ein Stück vorwärts, und da stand sie wieder, als wäre sie nie weg gewesen! Wie war das möglich?

Inzwischen hatten sich auch die anderen bei ihm eingefunden, und vor allem Vlarad war anzusehen, wie er den Moment genoss. »Na, was sagst du, Tom?«, fragte er neugierig und grinste so breit, dass seine spitzen Eckzähne im Schein der tausend Glühbirnen blitzten.

»Moment noch«, antwortete Tom. »Ich komm drauf.« Nun war sein Ehrgeiz geweckt, und er wollte unbedingt selbst herausfinden, wie seine untoten Freunde das angestellt hatten.

Tom probierte den verrückten Effekt noch ein paarmal aus und verringerte dabei jedes Mal die Größe seines Schritts. Schnell hatte er genau die Stelle gefunden, an der er nur den Kopf vor- und zurückbewegen musste, um die *Schreckensfahrt* erscheinen oder verschwinden zu lassen.

»Okay, ich glaub, ich hab's«, sagte er schließlich. »Ihr habt einfach ein Foto vor die Kamera gepackt, stimmt's?«

Der Vampir sah ihn fragend an, und Tom lachte. »Na ja, so erklär ich mir das zumindest. Ich hatte so was mal in einem Schleichspiel auf dem PC. Da musste man unerkannt in eine geheime Anlage, wo Ufos versteckt waren. Und damit die Überwachungskameras einen nicht entdecken, musste man Fotos machen von dem, was die Kameras sehen, und diese Fotos dann direkt vor der Linse befestigen. Und so ist das hier auch, oder? Als ich dich vorhin gesehen habe, hast du mit den Händen rumgefuchtelt und irgendwas rumgezaubert. Und plötzlich war die Ladeklappe von unserem Truck wieder zu. In Wirklichkeit hast du kurz vorher eine Art magisches Foto gemacht, das irgendwie drumrum … gedingst, und ihr habt *hinter diesem Bild* in Superspeed die Geisterbahn aufgebaut.«

Tom bewegte sich noch einmal zum Test vor und zurück. Wieder verschwand und erschien die Geisterbahn, als hätte jemand ein Fernsehprogramm umgeschaltet. »Ach ja …«, setzte er dann noch nach, »ist wohl eher ein Film als ein Foto, denn es bewegen sich die Blätter an den Bäumen und man hört die Autos vorne an der Straße vorbeifahren. Krass. Aber ich bin mir sicher, so muss es sein.«

Der Vampir nickte zufrieden. »Sehr schön erklärt, mein Junge. Wir mussten uns irgendetwas einfallen lassen, um auf- und abzubauen, ohne dass man uns dabei zusieht. Nicht nur, weil wir schneller sind als jeder Mensch, sondern auch, weil es für einiges Erstaunen sorgen könnte, wenn ein Zombie mit der einen Hand die Fassade einer Geisterbahn durch die Gegend trägt und mit der anderen einen rosa Stoffhasen. Irgendwann in der Nacht kundschaftet Mimi dann die gesamte Umgebung aus. Sobald wir sicher sind, dass niemand zusieht, entferne ich das magische Abbild, das uns umgibt – und dahinter erscheint die *Schreckensfahrt.*«

Tom lachte begeistert. »Um uns rum ist also echt ein schalldichtes 360-Grad-Video. Wahnsinn! Ihr seid einfach der Hammer, Leute! Echt, ey. Ey, echt!«

»Verbindlichsten Dank, Junge«, sprach Vlarad und verneigte sich leicht.

Da kam Mimi wieder angeschwebt, und Tom spürte ihre Präsenz eher, als dass er sie wirklich erkennen konnte. »Es ist aber noch zu früh, Vlarad. Vorne an der Hauptstraße fahren immer mal wieder Leute vorbei, und von den anderen Standbetreibern sind auch noch ein paar bei der Arbeit. Lass uns bis nach Mitternacht warten.«

»Eilt ja nicht«, brummte Welf und sah zu Vlarad.

Der nickte. »Du bestimmst den Zeitpunkt, Mimi. Vorsicht ist unsere wichtigste Tugend. Wombie, bitte setze doch so lange schon einmal die Wagen in die Schienen. Hop-Tep, bitte bemächtige dich der schnelltrocknenden Farbe und des Pinsels und bessere die Stellen in der Deko aus, wo man das Styropor durchscheinen sieht.«

Ohne eine weitere Regung zu zeigen, stapfte der Zombie davon. Hop-Tep brummelte immerhin etwas, das man wie eine Zustimmung deuten konnte, und machte sich ebenfalls an die Arbeit.

»Ihr seid so unfassbar krass«, sagte Tom noch einmal, und Mimi lachte ihr glockenhelles Lachen.

»Schön, dass es dich so beeindruckt hat. Vlarad ist auch ganz schön stolz drauf.«

»Zu Recht, Mimi«, bekräftigte Tom. »Aber sag mal, kannst du mir nicht wenigstens ein bisschen mehr über diese *Gefahr* erzählen, in der wir angeblich alle schw…«

Tom hätte wirklich mit allem gerechnet, aber nicht mit dem, was nun geschah. Zunächst spürte er, dass die Erde wieder bebte. Doch dabei blieb es nicht.

Kapitel 5:
Die erste Attacke

Ein lauter Krach und ein unterdrückter Schrei ließen Tom und Mimi erschrocken aufblicken: Direkt vor ihnen schlug etwas in den Boden ein und explodierte wie eine Feuerwerksrakete in unzähligen Farben. Gleichzeitig spürte Tom, wie ihn etwas Feuchtes im Gesicht traf. Er schrie auf, wischte sich das Zeug von den Augen, und als er daraufhin seine blutverschmierten Hände sah, schrie er gleich noch viel lauter.

Tom stolperte panisch zur Seite, hörte dabei etwas scheppern, spürte plötzlich, dass sein linkes Bein von irgendwem festgehalten wurde, und schlug der Länge nach hin. Abermals krachte es blechern, und als Tom sich aufrappeln wollte, rutschte er auf dem nassen Boden aus und fiel sofort wieder mit dem Gesicht in die ekelerregende Suppe.

»Hilfe …«, hustete er und krabbelte blind vorwärts,

um dem glibberigen Zeug irgendwie zu entkommen. Dabei stieß er gegen irgendetwas Weiches, das sich zu seinem Horror auch noch bewegte.

»Ah! AAHHH!«, schrie Tom und schlug mit Händen und Füßen panisch um sich. Irgendwer oder irgendwas gab ein dumpfes Stöhnen von sich, und Tom bemühte sich sofort, noch mehr und noch fester um sich zu prügeln, um das Ding möglichst weit von sich fernzuhalten.

Doch von einem Moment zum nächsten konnte er sich nicht mehr bewegen, seine Arme und Beine waren wie festgenagelt. Dazu hörte er die raue Stimme seines Onkels Welf direkt neben seinem rechten Ohr. »Tom. Beruhig dich. Alles okay.«

»Alles okay?!«, schrie Tom. »Ich bin voller Blut, und hier ist irgendwer, und ich kann ihn nicht sehen! Tu doch was! AAAAAAHHH!«

»Tom. Es ist alles gut. Wirklich«, hörte er da Mimi an seinem linken Ohr flüstern, und ihre Stimme half ihm tatsächlich, sich zu beruhigen. Tom atmete ein paarmal so entspannt durch, wie es ihm möglich war.

»Ich lass jetzt deine Arme los, Tom«, vernahm er Welfs Stimme ruhig neben sich. »Wisch dir erst mal das Zeug aus den Augen und sieh dich um.«

Tom spürte, dass sich der eiserne Griff um seine Handgelenke lockerte, und verstand, dass es Welf war, der ihn festgehalten hatte. Er tat, wie ihm geheißen, und strich sich mit den Fingern über die Augen, bis er sie öffnen konnte. Dann sah er sich um.

Um Tom herum sah es aus, als hätte man eine Kindergartengruppe mit tausend Litern Fingerfarben auf ihn gehetzt. Das Kopfsteinpflaster schillerte in allen Regenbogenfarben, und Tom selbst ganz genauso. Ja, seine Hände waren rot, aber der Rest von ihm war blau, gelb, grün, lila, schwarz, weiß, rosa, aubergine, beige und mehrere Mischformen all dessen.

Neben ihm rappelte sich Hop-Tep auf. Und der war nicht nur über und über mit allen Farben bekleckert, es klebten auch diverse Pinsel an ihm, und auf dem Kopf trug er einen Farbeimer, als hätte er sich zum Schutz einen sehr albernen Helm aufgesetzt.

Tom sah an sich hinunter und erkannte nun auch, dass ihn in Wirklichkeit niemand am Fuß festgehalten hatte. Er war einfach nur in einen Farbeimer getreten, und sein Schuh hatte sich mit der Gummisohle ganz wunderbar darin festgeklemmt.

Er hob den Blick, und aus dem ersten Stock der Geisterbahn gähnte ihn das große Loch an, durch das Hop-Tep offensichtlich gebrochen war.

»W… was war denn los, um Gottes willen?«, fragte Tom und rappelte sich auf.

Hop-Tep brabbelte aufgeregt unter seinen

Bandagen hervor und zeigte wiederholt nach oben zu dem Loch.

Mimi schwebte vor ihm hin und her. »Er sagt, er hätte gerade mit den Malerarbeiten begonnen, als sich etwas direkt vor ihm aus dem Boden erhob. Bevor er sehen konnte, was es war, hat es ihn gepackt und einfach durch die Wand geworfen. Und schalte endlich deine Telepathie ein, ich will nicht dauernd übersetzen.«

Tom nickte abwesend und sah zu den anderen, die sich natürlich längst an dem überbunten Tatort eingefunden hatten. Welf war da und Vlarad ebenso.

»Wo ist Wombie?«, fragte er, und gleichzeitig rollte er seinen Ärmel hoch.

Tom war dank einer magischen Verbindung nicht nur in der Lage, mit den anderen telepathisch zu kommunizieren – also in Gedanken zu sprechen. Mit einer Art *Geister-Navi* auf seinem Arm konnte er jederzeit sehen, wo sich wer befand. Wenn er es nicht mal wieder vergaß …

Ein rötlich schimmernder Punkt unter der Haut am Unterarm zeigte ihm, dass sich Wombie wohl nach wie vor im Inneren der *Schreckensfahrt* befinden musste. Der Punkt bewegte sich nicht. Das war für Wombie normalerweise nichts Ungewöhnliches. Der Zombie konnte tagelang an der gleichen Stelle stehen und so lange auf eine Bodenfliese starren, bis diese grau anlief. Aber vorhin hatte er ja eine Aufgabe bekommen, und eigentlich konnte ihn nichts daran hindern, diese auszuführen.

»Mimi, kannst du bitte mal nachsehen, ob mit Wombie alles okay ist?«, bat Tom das Gespenstermädchen.

Kaum hatte er zu Ende gesprochen, war sie weggesaust, und nur einen Augenblick später war sie auch schon wieder da.

»Schnell, kommt mit! Ihr müsst helfen! Los!«, rief sie aufgeregt und flatterte voraus. Welf und Vlarad rannten sofort die Stufen zum Eingang der Geisterbahn hinauf und verschwanden im Inneren. Auch Hop-Tep und Tom wollten ihnen folgen, aber das war nicht ganz so einfach …

»Oh Mann, wir kleben fest!«, rief Tom zu der Mumie hinüber. »Die verdammte Farbe ist getrocknet, ich fass es nicht. Was machen wir denn jetzt?«

Tom schaffte es immerhin, den Fuß vom Boden zu lösen, der nicht in dem Eimer klemmte. Aber sein Hosenboden pappte bombenfest auf dem Kopfsteinpflaster. Er sah zu Hop-Tep, den es noch viel schlimmer erwischt hatte: Seine Bandagen hatten sich voll Farbe gesogen, klebten nun überall auf dem Boden, auf ihm und vor allem aneinander.

Es war erstaunlich, was man einer Mumie mit ein paar Eimern schnelltrocknender Farbe alles antun konnte. Der arme Kerl konnte sich trotz seiner übermenschlichen Kräfte kaum mehr bewegen.

Eine Idee musste her. Na ja, Tom hatte zwar bereits eine, war sich aber nicht so sicher, wie wahnsinnig genial diese war. Erst einmal musste er irgendwie aufstehen, denn ein wichtiger Teil seiner Idee befand sich im Zirkuswagen. Und der war verdammt schwer zu erreichen, wenn man mit der Hose auf dem Boden klebte.

»Och nö …«, stöhnte Tom laut, als ihm klar wurde, was die einzige Lösung war. Trotzdem tat er sofort, was getan werden musste, schlüpfte aus den Schuhen, öffnete dann seine Hose und rutschte rückwärts ruckelnd aus der Jeans. »Ich bin gleich wieder da, Hop-Tep!« Tom lief hosenlos zum Zirkuswagen. Währenddessen rief er telepathisch nach Mimi, damit sie ihm endlich mitteilte, ob mit Wombie alles okay war.

Wir haben ihn gefunden, er lag in den Gleisen neben Vlarads Sarg, erklang sofort die Stimme des Geistermädchens in seinem Kopf. *Irgendwer oder irgendwas hat ihn doch glatt mit unseren Geisterbahn-Gondeln ausgeknockt, Tom! Und das, obwohl der Einzige, der stark genug ist, um diese Wagen zu werfen, Wombie selbst ist! Er war begraben unter allen zwölf Gondeln!*

Das ist nicht gut, gar nicht gut, dachte Tom. *Wie geht's ihm denn?,* fragte er stattdessen, als er die große

Ladeklappe öffnete, die sich unterhalb des Bodens zwischen den Rädern des Wagens befand.

Ach, Wombie geht's wie immer. Falls er tatsächlich einen Knacks im Schädel davongetragen hat, kann Welf ihm den sicher wieder zutackern.

Na, hurra, sendete Tom zu Mimi hinüber. *Gut, dann bis gleich. Ich muss mich um Hop-Tep kümmern.*

Endlich hatte er auch gefunden, was er suchte, und rannte umgehend zurück zur Mumie.

»Das hier ist ein Kanister voll Spiritus, Hop-Tep!«, erklärte Tom schnaufend. »Es löst auf jeden Fall die Farbe auf, aber es stinkt ganz furchtbar, ist leicht entflammbar, schmeckt scheiße, und die Dämpfe sind giftig. Also kommt es so ein bisschen drauf an, wie unsterblich du bist …«

Der Pharao war nur noch in der Lage, eine Hand zu bewegen. Diese zeigte aber deutlich so etwas wie »Los-nun-mach-schon!«.

Tom nickte. »Also gut, aber bitte trotzdem Luft anhalten, wenn es geht.« Dann schob er sich den Kragen seines Hemdes als improvisierten Atemschutz über die Nase, öffnete den Kanister und besprenkelte Hop-Tep so gleichmäßig wie möglich mit dem stechend riechenden Alkohol.

Schnell entfaltete die Chemikalie ihre Wirkung: Hop-Tep musste ein paarmal so heftig niesen, dass sich die Bandagen um seinem Kopf aufblähten. Aber tatsächlich wurden die Farbschichten durch den Verdünner wieder flüssig, und schon nach einer halben Minute konnte die Mumie sich endlich aufrichten.

Hop-Tep streckte die knochigen Glieder und schüttelte sich. *Ich danke dir, mein Junge,* hörte Tom die Mumie in seinem Kopf salbungsvoll sprechen, und der Pharao deutete eine Verbeugung an.

»Aber immer gerne«, entgegnete Tom. »Bis gleich. Und offene Flammen meiden.«

Die Mumie nickte noch einmal höflich und schlurfte dann umgehend davon, um sich einer zeitraubenden Neu-Bandagierung zu widmen.

Da kam Mimi mit Welf und Vlarad aus der Geisterbahn, dicht gefolgt von Wombie. Aber erst als der Zombie seinem Stoffhasen Odor die Knopfaugen zuhielt, bemerkte Tom, dass irgendetwas nicht stimmte. Welf sah irgendwie amüsiert aus, und Mimi schaute angestrengt hinauf zum Mond, der hinter den Wolken gar nicht zu sehen war. Der Vampir hatte sich hinter seiner aristokratischen Miene versteckt, und nichts war aus seinem Gesicht zu lesen.

Ach so, die Hose, erinnerte sich Tom in dem Moment und winkte lachend ab. »Also bitte, ich denke, auch ihr werdet in eurem früheren Leben schon mal ein Schwimmbad besucht haben.«

»Trägt man heute in den Schwimmbädern etwa keine Badehosen mehr?«, wollte Welf wissen, und Tom fühlte sich von einer Sekunde auf die andere recht luftig um die Hüften.

Er warf einen ahnungsschwangeren Blick zu seiner Hose, die nach wie vor auf dem Boden pappte … Und tatsächlich spitzte da ein Teil seiner Unterhose raus.

»Das … ist der peinlichste Moment in meinem gesamten … Leben …«, gluckste es aus Tom heraus. »Ich … Wenn mich jemand … Ich bin in … Oh Gott, ich sterbe.«

Er griff mit beiden Händen an sein T-Shirt und zog es so weit herunter, bis die Nähte hörbar knacksten. Dann lief er in geduckter Haltung zurück zum Zirkuswagen und schlug lautstärk die Tür hinter sich zu.

Kapitel 6:
Der auch noch

Tom hatte sich die gesamte restliche Nacht nicht aus seinem Wagen getraut. Und auch am Morgen fand er einfach nicht den Mut, aufzustehen und den anderen in die Augen zu sehen.

Dafür nahm ihm jemand anderes die Entscheidung ab, indem er betont rhythmisch an die Tür klopfte.

Auf dem Weg zur Tür vergewisserte sich Tom drei Mal, ob er auch wirklich, wirklich eine Hose anhatte. Dann erst fasste er an den Türknauf, sah noch mal an sich herunter, ob er auch wirklich eine Hose anhatte, und öffnete.

Vor ihm stand Zoracz und hinter ihm seine geheimnisvolle Begleiterin, wie immer ganz in Rot gekleidet.

Tom hatte mit den beiden bereits vor einigen Wochen Bekanntschaft gemacht, kurz nachdem er die Geisterbahn von Omas Bruder, Onkel Heinrich, geerbt hatte. Und dieser Zoracz war ein ziemlich übler Zeitgenosse, der Tom die *Schreckensfahrt* um jeden Preis abluchsen wollte.

»Was machen Sie denn hier?«, stieß Tom überrascht hervor.

»Das gleiche könnte ich dich fragerrrn«, rollte Zoracz genüsslich in seinem aufgesetzten Akzent.

»Kein R in der zweiten Silbe von *fragen*«, ließ sich die Frau in Rot vernehmen, aber Zoracz hörte gar nicht hin.

»Ihrr steht auf unserrrem Platz, kleiner Bub«, schnarrte er und machte eine ausladende Geste, die seinen schwarzen Mantel effektvoll aufblähte.

Wie macht der das bloß, dachte Tom, hat der vielleicht immer eine kleine Windmaschine dabei?

»Wir haben diesen Platz am Freitag gemietet und jetzt auch schon aufgebaut«, sagte er stattdessen laut. »Das kann nur ein Missverständnis sein.«

»Gewiss, gewiss, ein Missverstärrrndnis«, entgegnete Zoracz mit breitem Grinsen.

»Zu viele R in Missverständnis«, murmelte die Frau hinter ihm, ohne wirklich damit zu rechnen, dass er auf sie hörte.

Damit hatte sie vermutlich recht, zumindest ließ sich Zoracz nichts anmerken. »Nun, ich muss euch leiderrr bitten, diesen antiquarischen Schrotthaufen zur Seite zu rrrücken, denn just hier beliebe ich, mein Spiegelkabinett aufzubauen, kleiner frecher Mann.«

»Warum denn gerade hier?«, fragte Tom frech. »Der Platz da drüben ist doch anscheinend noch frei.«

»Das ist rrrichtig«, lachte Zoracz. »Aber wenn ich euch achtundvierzig Stunden fürrrchterliche Plackerei bescheren kann, dann will ich das natürrrlich nicht missen. Also muss ich nun den missmutigen Veranstalter holen, oder rrrutscht ihr freiwillig rüber? Oder …«

Zoracz machte eine ganz und gar offensichtliche Pause, die wohl besonders bedeutungsschwanger klingen sollte. Und das tat sie auch. Allerdings war Tom nicht bereit, diesem Fiesling das Gefühl zu geben, dass er ihm Angst einjagen konnte. Den Gefallen wollte er ihm nicht tun.

»Oder *was*?«, unterbrach ihn Tom forscher, als er sich selbst zugetraut hätte. »Überlegen Sie sich gut, ob Sie mir drohen wollen, Zoracz. Denn das geht garantiert wieder schief, und zwar für Sie.«

Zoracz' Grinsen sah plötzlich aus, als wäre es eingefroren. »Werrr von uns beiden drrroht denn nun werrrm?«, fragte er mit eisiger Stimme, und bevor die Frau in Rot etwas über zu viele Rs sagen konnte, hatte er einen warnenden Zeigefinger gehoben, der sie davon abhielt.

Tom hielt dem stechenden Blick stand, aber

innerlich wurde es ihm doch flau im Magen. Er wollte gerade etwas besonders Markiges erwidern, als ihn ein wohlvertrautes Grollen unterbrach.

»Zoracz. Was willst du hier?«, erklang die Reibeisenstimme von Welf, der urplötzlich aufgetaucht war.

Wie der Blitz war die Frau in Rot sofort zwischen ihn und Zoracz getreten. Sie hob ihre Finger mit den langen, blutroten Fingernägeln, und aus ihrer Kehle drang ein so aggressiver Zischlaut, dass Tom sich wunderte, wie so ein Sound eigentlich aus so einer Frau ertönen konnte.

»Bitte, wirrr wollen doch zivilisierrrt bleiben«, sprach da Zoracz und hob beschwichtigend die Hände.

Welf trat einen Schritt zurück, und auch die Frau entspannte sich wieder.

Dann seufzte Toms Onkel, und Tom bemerkte, dass ihm das Folgende nicht leicht über die Lippen ging: »Hör zu, Zoracz, ich sag das nicht gern, aber es wäre besser, ihr würdet diesen Jahrmarkt ausfallen lassen.«

Zoracz war die Verwunderung deutlich anzusehen. »Was? Warrrum sollten wir …«

»Weil es hier ein echtes Problem gibt«, antwortete Tom. »Wir haben gestern schon den Herrn Barthelmann versucht zu überzeugen, den gesamten Markt abzublasen.«

Zoracz sagte nichts. Für den Moment war er wohl tatsächlich überrascht.

»Der Junge hat recht«, ließ sich Welf wieder vernehmen. »Hier stimmt was ganz und gar nicht. Im Moment gehen wir von einem *Pulsar fortis* der Stufe achtzig aus. Vielleicht neunzig.«

»Ein was?«, fragte Tom, doch keiner achtete auf ihn.

»Ein *Pulsar fortis*?«, stieß Zoracz verblüfft hervor und vergaß dabei völlig seinen fremdländischen Akzent. »Das ist … Das ist …«

»Selten«, beendete Welf das Gestammel. »Verdammt selten. Und mächtig. Er ist imstande, Dinge zu levitieren, für die andere einen Kran brauchen.«

Oder einen Zombie, dachte Tom, doch er hütete sich, das laut auszusprechen. Zwar war er sich inzwischen sicher, dass Zoracz ganz genau wusste, wer da außer ihm in der Geisterbahn hauste. Und das war wohl auch der Grund, warum Zoracz schon mehrmals versucht hatte, die Geisterbahn in seinen Besitz zu bringen. Aber wirklich ausgesprochen hatte der Typ noch nichts in der Richtung. Also hielt sich auch Tom zurück und konzentrierte sich wieder auf das Gespräch der beiden. Er wollte auf keinen Fall irgendetwas verpassen.

»Ein Klopfer, der schwere Objekte bewegt …«, murmelte Zoracz und kraulte sich nachdenklich den Spitzbart. »Ja, in der Tat, dies ist ein denkbar schlechter Ort für einen Jahrmarkt.« Doch dann kehrte das vertraute verschlagene Funkeln in seinen Blick zurück. »Nun, gleichzeitig ist es ein denkbar wunderbarer Ort für mich und meine Attraktion, nicht wahr? Wann hätte ich sonst jemals die Gelegenheit bekommen, ein solches Geschöpf zu … studierrren.«

»Studieren. Klar«, brummte Welf. »War's das erst mal, oder brauchst du noch was, Zoracz?«

»Oh, unter diesen Umständen bin ich vollauf zufrieden mit dem Platz dort drrrüben in unmittelbarer *Narchbarrscharrrft*, vielen Dank, ja, ich weiß, viele Rs, meine Liebe, aber dieses Wort konnte ich mir doch nicht entgehen lassen.«

Dann lachte Zoracz sein etwas zu lautes und etwas zu künstliches Lachen, warf sich das Cape elegant über die Schulter und drehte sich grazil um seine eigene Achse wie ein Balletttänzer.

»Einen schönen Tag allerrrseits!«, rief er und stolzierte von dannen. Seine geheimnisvolle Begleiterin folgte ihm, doch Tom war nicht entgangen, dass sie ihn vorher noch einmal seltsam gemustert hatte.

Was will die denn von mir, warum guckt die mich immer so an?, dachte er und sah fragend zu Welf.

Der zuckte mit den Achseln. »Keine Ahnung, vielleicht findet sie dich schnuckelig«, gab er zurück, und Tom sah seinen Onkel groß an.

»Wie hast du … Ich hab das gerade nur *gedacht*!«, zischte er. »Sag bloß, du kannst …«

»Deine Gedanken hören? Na ja, wenn du sie so laut rausposaunst, ist das keine Kunst«, erklärte Welf in ruhigem Tonfall. »Du musst endlich lernen, die telepathische Verbindung ein- und auszuschalten. Kann manchmal echt peinlich sein.«

»Peinlicher, als nackt vor euch rumzuhampeln?«, stöhnte Tom und spürte förmlich, wie seine Wangen knallrot anliefen.

»Nein«, antwortete Welf trocken. »Nichts ist peinlicher als das.«

Schockiert sah Tom ihn an, doch dann bemerkte er, wie einer von Welfs Mundwinkeln zuckte.

»Boah, du bist so gemein!«, lachte Tom und knuffte seinem Onkel gegen den Oberarm. Der lachte nun auch sein heiseres Lachen und boxte seinen Bonus-Neffen so hart zurück, dass der fast umgefallen wäre.

Kapitel 7:
Pulsar fortis

»Und das nennt ihr euren *Happy Place*«, murmelte Tom und sah sich um.

»Nur Mimi nennt es so, mir sind Anglizismen zutiefst zuwider«, erklärte der Vampir. »Aber ich kann nicht verhehlen, dass mir dieser Ort sehr zusagt. Schließlich habe ich ihn ganz nach meinem eigenen Geschmack erschaffen. Er vermittelt Ruhe, Gelassenheit …«

»Und den Geruch vergammelter Jahrhunderte«, brummte Tom.

»Ich riech nix, hi, hi!«, kicherte das Geistermädchen, während es fröhlich zwischen den uralten, windschiefen Grabsteinen herumflatterte. »Ich finde, es ist der schönste Friedhof auf der Welt.«

»Jenseits der Welt«, korrigierte Vlarad. »Nur hier sind wir wirklich sicher und ungestört.«

Tom kannte diesen Friedhof bereits. Es war ein von Vlarad künstlich geschaffener Ort irgendwo zwischen Raum und Zeit. Hier konnten die Bewohner der *Schreckensfahrt* nicht nur ungestört miteinander reden, sondern auch diverse Zauber ausprobieren, ohne aufzufallen. Sehr praktisch, wenn man zum Beispiel alles im Umkreis von fünfhundert Metern mit explodierenden Gänseblümchen übersät.

»Bitte lasst uns zur Sache kommen«, sprach der Vampir.

»Okay, du hast recht«, nickte Tom. »Also, ich fasse das mal zusammen: Auf dem Jahrmarktsgelände spukt es, richtig?«

Vlarad, Welf, Hop-Tep und Mimi nickten. Nur Wombie hatte ihm den Rücken zugedreht, aber das musste nichts bedeuten. Er stand halt zufällig gerade so herum und sah keinen Grund, sich umzudrehen.

Tom fuhr fort: »Und dass es ein sogenannter *Pulsar fortis* ist, erkennt ihr an der Art und Weise, wie er Wombie und Hop-Tep attackiert hat.«

»Nicht nur wie, sondern auch *weil* er angegriffen hat«, ergänzte Mimi. »Weißt du, es gibt sogenannte *Emergiae* wie mich. Also Geister, die man sehen kann und die Tag und Nacht rumfliegen, plappern und Geräusche machen. Nur können wir eben nix anfassen oder gar festhalten.«

Hatte Tom da gerade einen Anflug von Traurigkeit in Mimis Stimme gehört? Wenn ja, hatte sie sich schnell wieder im Griff. »Und es gibt die *Pulsari*, besser bekannt als Poltergeister. Die können Sachen anfassen und auch festhalten. Allerdings nur in der Nacht, sie vertragen Sonnenlicht genauso wenig wie Vlarad.«

»Und wenn sie stark genug sind, um Zeug rumzuwerfen, werden sie richtig unangenehm«, ließ sich Welf vernehmen.

Der Vampir nickte zustimmend. »Das nennt man dann schlussendlich einen *Pulsar fortis*, also einen besonders mächtigen Poltergeist. Diese gelten als extrem aggressiv, gewalttätig und unberechenbar.«

»Das … ist keine schöne Mischung«, murmelte Tom. Doch dann riss er sich zusammen und setzte seine Zusammenfassung fort: »Immerhin wissen wir jetzt, mit was wir es zu tun haben. Außerdem tauchte dann auch noch dieser nervige Zoracz auf …«

»*Mit* seiner nervigen Begleiterin«, warf Mimi ein, und Tom seufzte. »Können wir das bitte ein anderes Mal diskutieren?«

»Wieso diskutieren? Was gibt's da zu diskutieren, bitte schön?«, schnappte Mimi zurück. »Die ist ja wohl doof, die Tussi! Wie die schon immer schaut, und außerdem ist sie gemein zu Welf.«

»Eigentlich war sie diesmal recht friedlich und

außerdem …«, begann Tom, doch ein energisches Abwinken von Welf ließ ihn verstummen. »Ähm, egal, um die Frau geht's jetzt gar nicht.«

»Tussi«, maulte Mimi.

»Von mir aus«, stöhnte Tom, und er bemerkte sehr wohl, dass Vlarad und Welf sich ein Grinsen nicht verkneifen konnten. »Also der doofe Zoracz ist jetzt auch wieder da und wollte unseren Platz, den er angeblich reserviert hatte. Konntest du dazu was rausfinden, Mimi?«

Mimi war zwar anzumerken, dass sie immer noch genervt war, doch sie gab sich nun betont sachlich. »Ich hab mir den Belegungsplan vom Barthelmann angesehen, er hängt in seinem Bauwagenbüro. Da ist Zoracz eingezeichnet, aber nicht da, wo wir stehen, sondern gegenüber. Also da, wo er nun auch tatsächlich steht.«

»Diese Mistmade!«, rief Tom wütend. »Der wollte uns tatsächlich einfach nur Arbeit machen!«

»Oder einmal mehr versuchen, herauszufinden, wie wir die *Schreckensfahrt* so schnell auf- und abbauen«, sprach der Vampir nachdenklich. »Er schnüffelt nur zu gerne herum, wenn wir mit ihm auf der gleichen Veranstaltung spielen. Bislang konnten wir immer den richtigen Moment abpassen, allerdings wird es immer schwieriger, ihn zu bespitzeln und ein ums andere Mal zur rechten Zeit abzulenken.«

Tom legte die Stirn in Falten. »Warum hast du ihm eigentlich sofort von dem Poltergeist erzählt, Welf? Normalerweise erzählen wir dem Zoracz doch nix.«

»Er ist eine Zecke, aber er kennt sich auch verdammt gut aus«, antwortete der Werwolf.

»Das stimmt«, bestätigte der Vampir. »Zoracz weiß so viel über die Welt der Untoten, dass ich gelegentlich schon dachte, er wäre selbst einer.«

»Und? Ist er?«, fragte Tom.

»Um ehrlich zu sein, ich weiß es nicht«, seufzte Vlarad. »Ich tendiere dazu, dass er nur ein sehr neugieriger und dem Übernatürlichen recht aufgeschlossener Mensch ist. Wie dem auch sei, bei einem Poltergeist dieser Güte sitzen wir alle im selben Boot, und es wäre fahrlässig, ihm das zu verheimlichen.«

»Manchmal seid ihr aber auch ein bisschen ZU nett«, murrte Tom, doch Welf sah ihn streng an. »Sei froh. Genau das unterscheidet uns von Typen wie Zoracz.«

»Ihr habt ja recht«, lenkte Tom ein. »Aber ich fände es jetzt nicht so schlimm, wenn der Poltergeist dem Zoracz sein Spiegelkabinett zerlegt.«

»Ich auch nicht«, entgegnete Welf grinsend. »Aber ich hab ihn ja gewarnt.«

Tom sah von einem zum anderen, und er bemerkte, dass auch Vlarad amüsiert in den wolkenverhangenen

Himmel blickte. Mimi kicherte leise, und es sah so aus, als ob Hop-Tep unter seinen frischen Bandagen breit zu grinsen schien.

»Gmmmnnhh«, machte sogar Wombie, der sich dafür tatsächlich den anderen zugewandt hatte.

Tom verstand, und dann grinste auch er. »Du ... du hast ihn gewarnt, Welf. Aber du hast ihn vor allem *neugierig* gemacht! Du wolltest nämlich ...«

»... dass er direkt da drüben aufbaut. Muss ja nicht immer nur bei uns rumspuken, das Ding. Und welcher Poltergeist widersteht ausgerechnet einem *Spiegelkabinett*«, antwortete Welf und verzog keine Miene. Doch schließlich konnte auch der sonst so bierernste Werwolf nicht mehr an sich halten und stieß ein paar heisere Lacher aus.

Alle anderen stimmten ein, und Wombie ließ sich zu einem besonders hingebungsvollen »Gmmmhh« hinreißen. Dabei streichelte er seinem Stoffhasen Odor über den Kopf, der das Ganze bestimmt auch saukomisch gefunden hätte, wenn er etwas anderes hätte tun können, außer höllisch zu stinken.

»Na gut, dann wär das schon mal geklärt«, sagte Tom, als er wieder sprechen konnte, ohne dauernd loszuprusten. »Aber es ist immer noch nicht wirklich klar, was wir nun eigentlich tun werden gegen den Poltergeist.«

Der Vampir legte nachdenklich die Hand an sein spitzes Kinn. »Ich kann dir nicht sagen, ob man gegen diese Erscheinung überhaupt etwas ausrichten kann. Jeder Spuk ist anders, jeder Geist folgt seinen eigenen Regeln und Zwängen. Manchmal kann man tatsächlich etwas tun, und manchmal ist man dazu verdammt, ohnmächtig zuzusehen.«

»Aber darum sind wir doch hiergeblieben!«, rief Tom, »Wir müssen die Menschen hier beschützen!«

»Logo«, antwortete das Geistermädchen. »Was Vlarad sagen will, ist, dass wir noch nicht genau wissen, wie wir das anstellen sollen.«

Tom hob seinen Blick und sah in die Runde. »Na, dann lasst uns das rausfinden. Und zwar möglichst schnell.«

Kapitel 8:
Teufelszeug

Nur unwillig war Vlarad Toms Einladung gefolgt, sich mit ihm vor den Computer zu setzen.

»Wie soll dieses Blechding da etwas herausfinden, was mit menschlicher Tragik und nichtstofflichen Erscheinungen zu tun hat?«, grummelte der Vampir.

»Wir suchen auch erst einmal nicht nach dem Poltergeist, sondern nach dem Ort, an dem wir uns befinden, Vlarad«, entgegnete Mimi, während Tom das ellenlange Passwort eingab, mit dem er seinen PC geschützt hatte.

Dann tippte er den Namen der Stadt in das Suchfeld seines Browsers und drückte Enter. Als Erstes erschien der Wikipedia-Eintrag der Stadt Grubweiler, und Tom klickte darauf. »So. Grubweiler ist Teil der Gemeinde blablabla … Steinkohle … Einwohnerzahl … Kriminalitätsstatistik …«

Vlarad verdrehte die Augen. »Ich bin nicht an Statistiken und Taschendieben interessiert, sondern an uralten Dramen.«

»Okay, okay, warte …« Tom ging zurück zur Suchmaschine und tippte die Worte *Grubweiler* und *Sage* in die Eingabemaske. Zunächst schien das Ergebnis recht umfangreich zu sein, und auch Vlarads mildes Interesse war geweckt.

Doch als sie die einzelnen Mythen und Sagen genauer betrachteten, stellte er schnell fest, dass sich die Personen und Begebenheiten allesamt irgendwo anders im Saarland zugetragen hatten. In Grubweiler keine Spur.

»Ritter Maldix, Pfifferjakob, Kaltenstein – alles nette Geschichten, nichts davon ist für uns hilfreich. Genug davon«, murrte der Vampir schließlich, stand auf und zog die Weste unter seinem Gehrock gerade. »Ich werde die Zeit, die uns verbleibt, sinnvoller nutzen und ein paar thaumaturgische Nachforschungen anstellen. Wenn ihr etwas findet – was ich ernsthaft bezweifle –, ruft mich telepathisch.«

Er durchquerte den Wagen mit großen Schritten und verschwand dann durch die Tür, die direkt in die Geisterbahn führte, um nicht dem Sonnenlicht ausgesetzt zu sein.

Tom und Mimi blieben zurück, und beide seufzten

gleichzeitig auf. Daraufhin mussten sie beide lächeln, und Tom fand mal wieder, dass das dem Geistermädchen wirklich außerordentlich gut stand.

Er trat zu dem Fenster neben dem Bett und zog die schweren, oben und unten mit stabilen Stangen fixierten Vorhänge zu, sodass kein Licht mehr in den Zirkuswagen fiel. Das tat er auch mit allen anderen Fenstern, und schließlich schob er sogar ein Kissen vor die Tür, damit darunter auch kein Lichtstrahl hereinfiel.

»Wozu machst du das denn? Vlarad ist doch drüben in der Geisterbahn«, fragte Mimi, und Tom lächelte. »Damit ich dich besser sehen kann.«

Mimi strahlte so sehr, dass sie aussah, als würde sie gleich platzen. Und einen kurzen Moment wusste keiner so recht, wer nun dran war, irgendwas zu sagen.

Als Tom das Gefühl hatte, Mimi ein bisschen viel zu lange angestarrt zu haben, wendete er sich augenblicklich wieder dem Bildschirm zu. »Äh ja, also, der Vlarad ist aber auch ungeduldig«, sagte er dann und scrollte weiter die Ergebnisse durch.

Mimi schwebte sofort neben Tom und gab sich ebenfalls ganz geschäftig. »Ja, ja, bei allem was mit moderner Technik zu tun hat, kann's ihm gar nicht schnell genug gehen. Aber ich glaube auch, so bringt das nix. Mit den Sagen aus dem Saarland kommen wir so nicht weiter. Wir brauchen irgendwas direkt von hier.«

»Hm ...«, überlegte Tom. »Wer sagt denn eigentlich, dass alles immer gleich zu einer alten Sage verwurstet wird. Vielleicht ...«

Einer vagen Idee folgend, klickte er sich noch einmal zurück zu dem Wikipedia-Artikel über die Stadt, in der sie sich befanden. Von dort wechselte er zu der offiziellen Homepage der kleinen Stadt. Diese war wohl seit mehreren Jahren nicht mehr überarbeitet worden. Schon die Startseite zeigte, dass sie für Monitore mit deutlich geringerer Auflösung programmiert worden war, und Tom musste das ganze erst einmal vergrößern, um es überhaupt lesen zu können.

»Hui, Minecraft«, brummte er, als die Fotos auf der Seite durch die Vergrößerung aussahen, als hätte man Mosaiken aus Lego gelegt.

Tom scrollte über die Infos zu Einwohnern, Bildungseinrichtungen und städtischen Angeboten, ohne wirklich zu wissen, wonach er eigentlich suchte. Plötzlich nahm er etwas aus dem Augenwinkel wahr: Es war Mimi, die ihm aufgeregt auf die Schulter klopfte, wobei ihre geisterhafte Hand natürlich einfach durch ihn hindurchglitt.

»Geh noch mal zurück, Tom! Weiter ... weiter ... Da! Schau mal da!« Sie deutete auf eins der pixeligen

Bilder, das anscheinend eine Art Villa oder zumindest ein recht ausladendes, altes Gebäude zeigte. Darunter stand nur *Altes Richterhaus* und sonst gar nichts.

Im Hintergrund waren deutlich die Zwillingstürme der Kirche zu erkennen, die sich gegenüber von ihrem Standplatz befand. Er vergrößerte abermals das Bild, aber dadurch erkannte man nur noch deutlicher die quadratischen Pixel.

»Ähm ... also, wenn ich das Bild richtig deute, dann...« Tom zog die Stirn in Falten und versuchte sich vorzustellen, aus welcher Perspektive man das Foto geschossen hatte. »Moment mal, das macht gar keinen Sinn, oder?«

Er stand auf, sah aus dem Fenster auf die Kirche und kratzte sich nachdenklich am Kopf. Normalerweise war er doch so verdammt gut darin, sich solche Dinge vorzustellen, aber in diesem Fall passte nichts zusammen.

»Du hast recht«, murmelte Mimi. »Wenn man die Kirche von dieser Seite sieht, ist da gar kein Haus. Aber wie konnten die das dann fotografieren? Hat man es vielleicht abgerissen oder ...«

»Ha. Niemand hat es fotografiert, Mimi!«, rief Tom plötzlich aufgeregt aus. »Komm mal her!«

Mit fragendem Blick schwebte das Geistermädchen zu ihm herüber und folgte dann seinem Finger, der wiederum zurück zum Monitor zeigte. Ihr Blick erhellte sich, als sie verstand, was Tom meinte. »Das ist gar kein Foto, sondern …«

Tom nickte aufgeregt. »Ein *Gemälde*, Mimi! Wir haben die Seite so stark vergrößert, dass wir nur noch die Pixel gesehen haben. Aber wenn man es von weiter weg anschaut, ist es eindeutig.«

Aufgeregt setzte er sich wieder an den Rechner. »Altes Richterhaus also, aha. Dann wollen wir doch mal sehen.« Er tippte ein paar neue Suchbegriffe ein, und tatsächlich fand sich in der Bildersuche das gleiche Gemälde, diesmal in deutlich besserer Auflösung. »Das Bild hängt im Rathaus, Mimi! Kannst du da mal hingeistern und dir das genauer anschauen?«

»Und wie ich das kann!«, antwortete das Gespenst und war so schnell verschwunden, dass Tom fast dachte, ein leises Plopp gehört zu haben.

Mannomann, das würde ich auch gern können, dachte er. Andererseits hätte er als »Tom der Geist« keinen einzigen Klick mit der Maus oder einen der Buchstaben auf der Tastatur herunterdrücken können. Es stimmte schon, was Vlarad ihm bei ihrem Kennenlernen erklärt hatte: Untote haben jede Menge Superkräfte, die die Menschen nicht haben. Aber irgendwie traf es auch umgekehrt zu.

»Woah, hast du mich erschreckt!«, rief Tom, als

Mimi urplötzlich vor ihm auftauchte. »Du bist schon wieder da?«

»Nein, ich bin der Poltergeist«, antwortete Mimi, und Tom lachte. »Okay, okay, blöde Frage – blöde Antwort, schon verstanden.«

»Nein, du hast mich nicht verstanden«, antwortete Mimi. »Ich bin wirklich der Poltergeist.« Und mit diesen Worten veränderte sich die Gestalt, die eben noch Mimi gewesen war, in einen schwarzblauen Albtraum, der drohend eine gigantische Faust erhob.

Kapitel 9:
Alles steht Kopf

Tom? Tom! Bist du da drin?«

Dumpf drang Welfs Stimme an Toms Ohr, und Tom versuchte zu rufen, doch es gelang ihm nicht. Stattdessen hustete er ausgiebig jede Menge Staub aus den Lungen.

Er hörte es rumpeln, dazu ein bisschen halblautes Schimpfen von Welf, und schließlich spürte er seine kräftigen Hände an den Armen. »Ich hol dich da runter, okay? Du musst nichts machen, versuch, locker zu bleiben. Dann geht es ganz leicht.«

Runter?, dachte Tom, wieso denn runter? Wo bin ich denn oben? Boah, warum hab ich so Kopfweh …

Da drehte sich die Welt plötzlich auf den Kopf, und er spürte, wie seine Beine durch irgendetwas hindurchgezogen wurden. Was zum Teufel war hier los?! Er zwang sich dazu, endlich die Augen zu öffnen, und sah gerade noch, wie sein linkes Bein aus einem großen Loch im Boden gezogen wurde. Seltsamerweise war durch das Loch kein Kopfsteinpflaster zu sehen, sondern ... Wolken?

Tom spürte, wie er abgelegt wurde. Das konnte aber doch nicht auf dem Boden sein, denn der war ja über ihm. Äh ... Boah, mir ist schwindelig, dachte er.

»Alles okay, Tom. Entspann dich erst mal«, hörte er Welf ganz nah bei sich. Die Stimme seines Zieh-Onkels beruhigte ihn. »Sieht so aus, als hätte dich der Poltergeist besucht.«

»Ja ...«, stöhnte Tom. »Und er sah erst aus wie Mimi. Dann aber nicht mehr. Gar nicht mehr ...«

»Du hast ihn in seiner wahren Gestalt gesehen?«, fragte Welf aufgeregt. »Das muss Vlarad sofort erfahren!«

Tom ging das gerade etwas zu schnell. Er wusste ja noch nicht einmal genau, wo oben und unten war, und nun sollte er schon eine Täterbeschreibung liefern?

Ich habe mir erlaubt, zuzuhören, meldete sich da die Stimme des Vampirs in Toms Kopf. *Verzeiht, aber es schien mir eine Notsituation zu sein. Leider kann ich nicht zu euch kommen, da die Verbindung vom Wagen zur* Schreckensfahrt *nicht mehr besteht und ich nicht durch die Sonne laufen kann. Wir müssen also mit der telepathischen Weise Vorlieb nehmen.*

Kein Problem, Vlarad, passt schon, antwortete Tom und versuchte, sich zu konzentrieren, obwohl ihm immer noch fürchterlich schwindelig war. *Also, der Poltergeist sah aus wie … wie ein dunkelblauer oder fast schwarzer Geist, auch unten so ausgefranst wie Mimi. Aber er hatte kein so deutliches Gesicht wie sie. Also ich meine, er hatte eigentlich gar keins. Nur wie … ähm, kennt ihr das, wenn man mit einem Betttuch Gespenst spielt und dann drei Löcher für Augen und Mund reinschneidet? Okay, hattet ihr vermutlich nie nötig, aber ungefähr so. Und außerdem wuselte es innen drin in dem Geist so rum, ich kann das schwer erklären.* Tom räusperte sich und hustete noch einmal ein bisschen Staub. *Aber kann mir jetzt bitte erst mal jemand sagen, warum der Boden da oben ist?*

Weil du auf der Decke liegst, erklärte Welf und klopfte zum Beweis an das Wellblechdach, das sich tatsächlich *unter* Tom befand.

»Was? Wie … aber …«, stammelte Tom mehr zu sich selbst und sah sich hektisch um.

In der Tat, so ist es, Tom. Der Poltergeist hat es irgendwie geschafft, den Zirkuswagen umzuwerfen und mehrere Meter über den Boden zu rollen, als wäre er ein Nudelholz. Und das alles, ohne den Wagen zu verlassen, denn sonst wäre er im Sonnenlicht erloschen, ließ sich Vlarad in Toms Kopf vernehmen. *Ich sage es wirklich sehr ungern. Aber diese Kreatur verfügt über so viel Kraft wie wir alle zusammen. Und er hat anscheinend kein Problem damit, diese auch zerstörerisch wirken zu lassen.*

Tom stemmte sich hoch, und endlich ergab das, was er sah, auch Sinn: Er saß tatsächlich auf dem … Also auf der Decke … oder an der Decke? Egal, auf jeden Fall war über ihm der Boden, und in diesem war das Loch, durch das ihn der Poltergeist mit einem einzigen Schlag geschmettert hatte.

»Ungespitzt in den Boden, krass«, murmelte Tom in sich hinein. *Ich kann bloß froh sein, dass wir die morschen Planken noch nicht ersetzt haben, sonst hätte mir der Knilch am Ende noch alles Mögliche gebrochen,* sendete er dann an die anderen.

»Diese feige Ratte«, grollte Welf, und ihm war zugleich anzumerken, dass er sich große Vorwürfe machte. *Ich hätte dich nicht alleine lassen dürfen,* telepathierte er.

Unsinn, meldete sich da Vlarad. *Ich habe Mimi und Tom alleine gelassen, nicht du, Welf.*

Dann hätten wir beide da sein müssen, antwortete der Werwolf wütend. *Das passiert uns nicht noch mal.*

»Verdammt! Was ist denn hier passiert? Welf? Tom!? Ist alles okay?« Aufgeregt flatterte Mimi plötzlich vor den beiden hin und her. Doch anstatt zu antworten, stellte ihr Tom erst selbst eine Frage: »Welches Game zocken wir immer zusammen?«

»Was soll das denn jetzt, Tom? Das weißt du doch! Warum …«

»Weil ich wissen will, ob du es weißt«, entgegnete Tom ernst. »Also welches Game?«

»World of Werwizards, was denn sonst? Aber …« Mimi sah Tom scharf an. »Du … glaubst nicht, dass ich *ich* bin, stimmt's?«

»Jetzt schon«, seufzte Tom. »Denn das mit WoWW hätte der Poltergeist nicht gewusst. Schön, dass du wieder da bist. Hast eine Menge verpasst, Mimi.«

»Sieht so aus, ja.« Das Geistermädchen sah sich um. »Um das alles wieder halbwegs in Ordnung zu bringen, werden wir ein bisschen brauchen.«

Welf nickte und setzte sich neben Tom. »Wir stehen ziemlich günstig schräg hinter der Kirche. Wenn niemand auf dem Platz gesehen hat, dass der Wagen auf dem Dach liegt und wir unsere Geisterkräfte einsetz…« Er wurde von einem lauten Klopfen unterbrochen.

»Hey? Ist jemand da drin? Braucht ihr Hilfe? Hallo!?«

Es war die Stimme des Veranstalters Frank Barthelmann, und er klang ernsthaft besorgt.

»Okay, der hat es anscheinend gesehen, so ein Mist«, zischte Tom.

Mimi verschwand sofort durch das Loch nach oben, und Welf beeilte sich, zu antworten: »Wir sind zu zweit, aber wir sind nicht verletzt. Moment, wir kommen raus. Bitte treten Sie zur Seite.« Schon hatte Welf mit beiden Beinen gleichzeitig ausgeholt, und kaum hatte er zu Ende gesprochen, schmetterte er seine schweren Bikerstiefel gegen die Holzwand des Zirkuswagens.

Die Planken explodierten förmlich direkt neben Barthelmann, sodass dieser zwei Meter zurücksprang wie ein Gummiball. In einer Wolke aus Staub, Splittern und Spänen erschienen Welf und Tom und bauten sich vor dem Mann auf. Einer Eingebung folgend verschränkten beide die Arme vor der Brust, und das auch noch ziemlich synchron.

»Und?«, fragte Tom mit betont ruhiger Stimme. »Glauben Sie uns jetzt?«

»Was tut ihr so cool, wer glaubt ihr, wer ihr seid? Die Blues Brothers?«, schimpfte Barthelmann los. »Und was soll ich denn glauben? Dass ihr in der Lage seid, euren Wagen umzuwerfen, oder was?«

Welf ließ ein wütendes Grollen hören. »Sie glauben also ernsthaft, wir bauen hier unser Fahrgeschäft auf und rollen dann erst einmal unseren Wagen hier ein bisschen rum? Für wie bescheuert halten Sie uns?«

»Das ist definitiv die falsche Frage, und die Antwort würde euch nicht gefallen«, antwortete der Veranstalter. »Die richtige Frage ist, warum ihr immer noch hier seid, obwohl ihr doch gestern groß getönt habt, dass ihr abhauen wollt! Und die nächste Frage ist, warum ihr eure verkackte Geistermühle überhaupt aufgebaut habt, obwohl ihr am liebsten den gesamten Markt abgeblasen hättet! Und die dritte Frage ist …«

Der Werwolf war so nah an den Mann herangetreten, dass dessen Bauch gegen Welfs breite Gürtelschnalle stieß. Er packte ihn mit beiden Händen und hob ihn so mühelos hoch wie eine Mülltüte voll Packpapier.

Aus wenigen Zentimetern Entfernung flüsterte Welf dem Veranstalter direkt ins Gesicht. »Die dritte Frage ist: Was muss noch alles passieren, bis Sie uns glauben und die Menschen von hier verschwinden.«

Tom beeilte sich zu erklären. »Also alle Menschen. Ha, ha, und auch wir. Ich meine, ich bin ja auch ein Mensch. Also wir alle. Und Mein Onkel auch, ha, ha. Der ist ja auch ein … Dings.«

»Was will der kleine Irre?«, fragte Barthelmann mit gepresster Stimme. »Und was wollen Sie? Lassen Sie mich gefälligst runter, verdammt!«

»Welf …«, mahnte Tom seinen Onkel.

Der seufzte und setzte Barthelmann schließlich wieder sanft auf dem Boden ab. »Entschuldigen Sie, wir sind sehr …«

»Wahnsinnig?«, schnaufte der Veranstalter und zog sich seinen Kragen zurecht. »Gewalttätig? Aggro?«

»Überfordert!«, rief Tom. »Das sind wir. Denn wir haben unseren Wagen nicht umgeworfen, das war … das war …«

Da hörte er plötzlich die Stimme des Vampirs in seinem Kopf, und er wusste, dass Welf ihn auch vernahm. *Bringt den Mann in die Geisterbahn. Jetzt.*

Okay, dachte Tom zu Vlarad hinüber. Er ahnte schon, was der Vampir vorhatte.

»Das … war … ein Erdbeben. Genau, ein Erdbeben«, beeilte Tom sich nun zu sagen. »Und am schlimmsten hat es in unserer Geisterbahn gewütet, vielleicht dürfen wir Ihnen das mal zeigen? Bitte kommen Sie mit.«

Er zog den verwirrten Mann am Arm mit sich die drei Stufen zur Einfahrt der Geisterbahn hinauf. »Hier, direkt hinter dem Tor da, kann man es sehen. Ein ganz übler Schaden, gleich da, wo es dann eigentlich so stockfinster ist, dass keine Sonne reinfällt. Noch ein paar Schritte, Vorsicht, nicht über die Schienen stolpern … sooo.«

Da hatte Welf hinter ihnen auch schon das Tor geschlossen, und für eine Sekunde herrschte vollkommene Dunkelheit. Doch bevor Barthelmann seine Sprache wiederfinden konnte, hatte Vlarad schon einen der roten Strahler eingeschaltet.

»Guten Tag, mein Herr. Mein Name ist Vlarad. Aber

Sie werden mich gleich vergessen haben, ebenso wie alles andere, was in den letzten fünfzehn Minuten passiert ist.«

»Was, wieso soll ich … Was wollen Sie von mir?«, rief der Veranstalter. Er wollte sich abwenden und die Geisterbahn auf dem Weg verlassen, den er gekommen war. Doch eine riesenhafte Gestalt verstopfte alles, was gerade eben noch an Platz da gewesen war.

»Gmmnnhhh«, machte Wombie und wirkte nicht gerade so, als würde er in den nächsten Stunden den Weg frei machen wollen.

»Was wollt ihr von mir?«, schrie Barthelmann noch einmal, als er auch schon von Hop-Tep an den Schultern gepackt und auf der Stelle herumgedreht wurde wie ein Brummkreisel.

»Nichts Schlimmes«, antwortete Vlarad. »Wir wollen nur, dass Sie auf dieses Pendel schauen …«

Als Barthelmann in seinem Bürowagen erwachte, war er zunächst etwas orientierungslos. Da rummste es plötzlich draußen und quietschte ein paarmal laut. Verwirrt sah der Veranstalter aus dem Fenster. Dort war nur der alte Zirkuswagen der bekloppten Geisterbahn-Typen zu sehen, der seltsam hin- und herschaukelte.

»Was treiben die Spinner da drin? Und warum sind

die eigentlich immer noch da?«, murmelte Barthelmann, schüttelte den Kopf und wandte sich wieder seinem Papierkram zu.

»Sag mal, Vlarad,« sagte Tom, als sie sich alle im ramponierten Zirkuswagen versammelt hatten. »Hast du das mit mir vielleicht auch schon öfter gemacht, als ich weiß?«

»Nein, und jetzt schau auf dieses …«

»Hey!«

Vlarad lachte und steckte das Pendel wieder in seine Westentasche. »Ein Scherz, nichts als ein harmloser Scherz.«

»Hm, na gut.« Tom war sich nicht so sicher, aber was sollte er machen? Wenn der Vampir in der Lage war, ihm die Erinnerung zu nehmen, war er darauf angewiesen, dass Vlarad ihm die Wahrheit sagte. Und er hatte auch keinen Grund anzunehmen, dass er hier angeschwindelt wurde. Tom beschloss, den Gedanken einfach zu ignorieren. Es gab jetzt Wichtigeres zu tun.

»Was machen wir jetzt, Leute?«, rief er in den Raum. »Wir können doch nicht weiter hier rumhocken und drauf warten, dass der Poltergeist wieder jemanden von uns angreift!«

»Das soll er bei mir probieren«, knurrte Welf. »Ich freu mich drauf.«

Tom erschrak, als Welfs Fingernägel urplötzlich aus den Fingern wucherten.

Da flatterte Mimi in die Mitte der kleinen Runde. »Ich muss euch unbedingt erzählen, was ich im Rathaus herausgefunden habe!«

»Stimmt! Das hatte ich ganz vergessen, erzähl!«, rief Tom.

»Rathaus? Wovon sprecht ihr?«, fragte Vlarad, und auch Welf runzelte die Stirn.

Erleichtert und auch ein bisschen angeekelt registrierte Tom, wie sich die Krallen des Werwolfs wieder in das Nagelbett zurückzogen. Brrr …

Währenddessen sprudelte Mimi aufgeregt los: »Tom und ich haben im Internet das Foto von einem alten Gemälde gefunden – Tom, zeig das doch mal bitte –, wo man eindeutig die Kirche da draußen erkennen kann. Aber da, wo wir jetzt mit der *Schreckensfahrt* stehen, müsste demnach eigentlich ein großes Haus sein.«

Tom hielt sein Handy in die Runde, mit dem er das Foto gerade noch einmal gegoogelt hatte.

»Aha.« Man sah Vlarad an, dass er sehr an der Wichtigkeit dieser Entdeckung zweifelte. »Unzählige Gebäude wurden während der Bombardierung im Zweiten Weltkrieg dem Erdboden gleichgemacht und danach nicht wieder aufgebaut. Warum glaubt ihr, dass dieses …«

»Weil es aus einem ganz anderen Grund verschwand«, unterbrach Mimi aufgeregt. »Zumindest wenn man der Tafel glaubt, die direkt unter dem Bild im Rathaus angebracht ist.« Das Geistermädchen machte eine Kunstpause, und alle warteten ungeduldig darauf, dass sie endlich weitersprach.

»Gmmhhhh!«, rief da sogar Wombie, und Mimi sah ein, dass sie ihre Freunde nun nicht weiter auf die Folter spannen konnte. »Dieses alte Gebäude auf dem Gemälde war bekannt als *Das Richterhaus*, denn der damalige Richter der Stadt hat es im achtzehnten Jahrhundert dort für sich und seine Familie gebaut. Es war ein riesiges Ding, und schon damals hatte man wohl den Eindruck, dass der Mann sich das niemals von seinem normalen Gehalt hätte leisten können.«

Mimi war selbst ganz begeistert von der Geschichte, und Tom fand, sie hätte sicher eine großartige Märchenerzählerin abgegeben. Man spürte, wie viel Freude es ihr bereitete, die gruselige alte Sage zu erzählen. »Theophilus hat er geheißen, dieser Richter. Und er war überall gefürchtet, aber nicht nur bei den bösen Buben, sondern im ganzen Umland. Denn das Gerücht ging herum, er würde sich für seine Urteile bezahlen lassen. Er stellte sich dabei aber wohl so geschickt an, dass man ihm nie etwas nachweisen konnte. Seine arme Ehefrau Leonora hatte furchtbar unter ihm zu leiden, denn er war wohl auch privat ein grausamer, fürchterlicher Mensch. Und als sie schließlich genug von ihm hatte und zusammen mit einem jungen Stallknecht flüchten wollte, erwischte er sie und ließ die beiden doch tatsächlich unter irgendwelchen erfundenen Vorwürfen in den Kerker werfen!«

»Was für ein Mistkerl«, murrte Tom. »Ist das wirklich wahr?«

»So steht es zumindest unter dem Bild im Rathaus«, antwortete Mimi. »Warte, der krasseste Teil kommt erst noch: Bei der Gerichtsverhandlung verurteilte Theophilus seine eigene Frau und ihren treuen Stallknecht wegen Diebstahls, Einbruchs und anderer erfundener Vorwürfe zum Tode durch den Strang, und keiner traute sich, ihm zu widersprechen. Doch kurz vor ihrem Tod soll Leonora einen Fluch auf ihn gelegt haben.«

»Spätestens jetzt hast du meine Aufmerksamkeit, Mimi«, ließ sich der Vampir vernehmen, und auch die anderen hörten nun wie gebannt zu. Wombie setzte seinen Stoffhasen Odor in die Armbeuge, damit der einen besseren Blick hatte.

»Leider steht da nicht, was oder wie sie ihn verflucht hat. Aber nur wenige Tage später passierte es …« Wieder machte Mimi eine Pause, und Tom verdrehte die Augen. »Mimi, bitte!«

»Ja doch. Also, ein paar Tage später hörten die Bürger der Stadt plötzlich ein lautes Grollen wie Donner, dann erbebte der Boden. Als sie auf dem Kirchplatz zusammenliefen, von wo der Lärm gekommen war, stellten sie fest, dass der Boden sich aufgetan und das Haus des Richters mitsamt Theophilus einfach verschluckt hatte.«

»Moment mal«, sagte Tom nach ein paar Sekunden. »Wie, was, wo? Der Boden tat sich auf? Da öffnet sich doch nicht einfach mal eben das Kopfsteinpflaster und verschluckt ein Haus, das kann doch nicht sein!«

»Nun, in der Welt der Sagen ist alles möglich«, sprach der Vampir salbungsvoll. »Die Frage ist nur, wie viel davon ist Dichtung und was davon ist Wahrheit.«

»Und das soll heißen, hier unter uns ist das Haus von dem Saukerl?«, fragte Welf. »Direkt hier drunter?«

Mimi nickte aufgeregt und zeigte nach unten. »Genau da. Wenn das alte Gemälde der Wahrheit entspricht, dann war das Haus des Richters Theophilus etwa so breit wie der Platz, auf dem wir jetzt mit der *Schreckensfahrt* stehen, plus ein paar Meter bis zu dem alten Baum. Und es war wohl mindestens doppelt so breit, wie der Zirkuswagen lang ist. Ein riesiges Ding.«

»Aber das kann doch nicht einfach so …« Tom konnte es kaum glauben. Andererseits erinnerte ihn diese Erzählung an irgendetwas. Hatte er da nicht vor ein paar Jahren mal etwas gesehen oder gelesen? Was war das gleich?

»Helft ihr mir mal bitte mit meinem PC?«, rief er den anderen zu. »Ich hoffe, der hat den Sturz gut überstanden, das wär jetzt echt bl…«

Tom verstummte, als Hop-Tep einen Haufen Elektronikschrott hochhob, der nur noch deswegen an einen Monitor erinnerte, weil Tom den Standfuß erkannte, auf den er mal ein paar Sammelaufkleber gepappt hatte.

»Oh, okay. Dann versuch ich's noch mal mit dem Handy«, murmelte er und zog sein Smartphone wieder aus der Tasche. Er öffnete den Browser und gab nacheinander ein paar Suchbegriffe ein.

»Nach was suchst du denn?«, fragte Mimi neugierig, aber Tom war zu konzentriert, um gleichzeitig zu tippen, zu denken und zu sprechen. Er wedelte nur kurz mit der Hand, um das Geistermädchen kurz zu vertrösten und tippte schnell weiter.

»Wie hieß dieses Wort … Wie hieß das gleich …«, murmelte Tom vor sich hin und scrollte mit einem Daumenschubser eine weitere Liste von Suchergebnissen durch. Die anderen sahen ihm schweigend zu.

»Mimi!«, rief er plötzlich aus. »Bergschaden!«

»Selber!«, antwortete das Geistermädchen, und Tom winkte lachend ab. »Nein, das ist keine

Beleidigung, sondern eine Beschreibung dafür, wenn durch Bergbau oder Tagebau der Boden instabil wird und einbricht.«

»Wie kommst du denn darauf, dass das ausgerechnet hier passiert sein soll?«, fragte Vlarad skeptisch.

»Weil ich mich erinnert habe, dass so was hier im Saarland schon öfter passiert ist, Welf!«, erklärte Tom aufgeregt. »Ich hab das im Netz gesehen und weiß noch, wie krass ich das fand: Da waren so Bergwerksgänge unter den Häusern, und auf einmal sind die eingebrochen, und die Hälfte von so einem Haus war plötzlich weg. Hier bei Wikipedia steht zum Beispiel ... Wo war das denn? Ah, hier ... dass es im Saarland richtige Erdbeben gab wegen dem Steinkohlebergbau. Vor ein paar Jahren hat die Landesregierung dann einen unbefristeten Abbaustopp verfügt.«

Vlarads Miene erhellte sich. »Also, ich finde, das klingt tatsächlich recht plausibel. Das Haus des Richters war offensichtlich ein riesiger, schwerer Kasten – und in der Tat haben wir auf der Fahrt hierher im Umkreis alte Fördertürme gesehen, nicht wahr, Welf?«

Der Werwolf nickte. »Auf jeden Fall nah genug, dass die bis hierher gegraben haben könnten.«

Tom nickte eifrig. »Das Haus ist wirklich versunken, Leute! Und zwar genau hier, wo wir gerade stehen.«

Hop-Tep hatte die ganze Zeit geschwiegen, aber jetzt

hob er die Hand und nuschelte etwas in seine Bandagen. Dank der telepathischen Verbindung verstanden ihn alle laut und deutlich direkt in ihren Köpfen: *Sinnhaft klingt all das, was der Junge spricht. Zu meinen Lebzeiten sah ich Solches mit meinen eigenen jungen Augen, da mein Vater nicht auf seine Baumeister hören wollte. Die Erde tat sich auf und verschluckte viele hundert Arbeiter. Man deutete es als eine Strafe der Götter für den Hochmut des Pharaos.*

»Da haben die Götter wohl eher die Arbeiter und ihre Familien bestraft«, sagte Tom, und die Mumie nickte.

Du sprichst weise, Junge. Hätten die Götter meinen Vater strafen wollen, wäre er in der Erde versunken. Und, oh, wie viel Leid hätte das meinem Volk erspart.

»Der war … nicht so nett, dein Papa, oder?«, fragte Tom. Hop-Tep lachte so trocken auf, dass es zwischen den Bandagen staubte. *Er war ein Dämon. Wenn kein wirklicher Gesandter der Unterwelt, so doch sicherlich ein würdiger Vertreter.*

Tom sagte nichts. Das war ein ziemlich vernichtendes Urteil über den eigenen Vater. Eigentlich hätte er zu gerne mehr über Hop-Teps Schicksal erfahren, denn er wusste viel zu wenig über die Geschichte des sonst so stillen ägyptischen Prinzen.

Mimi holte ihn aus seinen Gedanken zurück und half ihm, sich wieder auf die Sache zu konzentrieren.

»Also, ich finde auch, dass das alles Sinn macht. Auf jeden Fall mehr als ein Fluch, der die Erde öffnet.«

»Unterschätze nicht die Kunst der dunklen Mächte«, warf Vlarad ein. »Aber in diesem Fall bin ich auch geneigt, unserem schlauen Sterblichen hier zu glauben. Ich muss jedoch zugeben, dass ich nichts dagegen hätte, wenn wir noch einen wirklichen *Beweis* für diese Theorie präsentieren könnten. Denn bis auf ein paar Indizien, die zusammenpassen, haben wir nichts wirklich in der Hand.«

Da meldete sich Welf zu Wort. »Tom, hat der Barthelmann da nicht etwas gesagt?«

»Was meinst du?«, fragte Tom. »Er hat uns doch kein Wort geglaubt?«

»Das stimmt«, antwortete der Werwolf. »Aber er hat auch gesagt, dass er ewig gebraucht hat, bis er die Erlaubnis bekam, hier einen Jahrmarkt abzuhalten. Wegen …«

»… wegen einem Verbot aus dem achtzehnten Jahrhundert! Du hast recht, Welf!«, rief Tom aufgeregt. »Mimi! Du musst noch einmal ins Rathaus und nachsehen, ob du dieses Verbot irgendwo auftreibst. Damit können wir beweisen, dass …«

Er stockte, als Mimi ihn seltsam ansah, und bemerkte seinen Fehler. »Ich Depp, natürlich. Du kannst ja nur Sachen ansehen, aber nicht mitnehmen.«

»Ich könnte nicht einmal was durchblättern, Tom«, sagte das Geistermädchen traurig. »Und ich denk mal nicht, dass die ihre Gesetze alle gerahmt an der Wand hängen haben. Nervt wie Sau, aber so ist es nun mal.«

»Trotzdem hast du recht, Junge«, sprach der Vampir. »Es ist gut möglich, dass dieser alte Erlass mit dem Unglück in Verbindung steht. Und es könnte uns dabei helfen, zu erwirken, dass die Veranstaltung abgesagt wird, bevor Schlimmeres passiert, als uns bereits wiederfuhr.«

Tom sah in die Runde. »Okay, dann probieren wir mal unser Glück, oder, Welf?«

Anstatt einer Antwort klopfte der Werwolf seinem Neffen auf die Schulter und packte seine Lederjacke. »Komm. Rathäuser machen gerne mal früh zu, und Archive erst recht.«

Kapitel 10:
Eine harte Nuss

Der Archivar der Stadt namens Grubweiler sah Tom und Welf lange an. Dann erst fragte er: »Sie wollen bitte was genau?«

»Wir wollen bitte gerne dieses Gesetz sehen, wo drinsteht, dass auf dem alten Kirchplatz nichts stattfinden darf«, antwortete Tom.

»Erlass«, ergänzte Welf.

»Ach so, kein Gesetz. Ein Erlass. Sorry. Ja aber den würden wir gerne sehen. Bitte. Geht das?«, fragte Tom so höflich wie er nur irgendwie konnte.

»Nein«, sagte der Archivar nur und wendete sich wieder seinem Computerbildschirm zu.

Einen Moment lang waren Tom und Welf zu baff, als dass sie darauf hätten reagieren können. Dann erst erkundigte sich Tom schließlich ungläubig: »Äh … das war's?«

»Das war's«, nuschelte der Archivar hinter dem PC-Bildschirm hervor.

Im letzten Moment griff Tom den Unterarm seines Werwolf-Onkels und hielt ihn so davon ab, seine Krallen durch den Bildschirm zu schmettern, um den Beamten am Kragen zu packen und quer über den Tisch zu ziehen.

»Gibt es irgendeinen Grund, warum Sie uns das verbieten?«, versuchte Tom es stattdessen noch einmal, und tatsächlich sah der Archivar von seiner Arbeit auf und blickte Tom verwundert an. »Einen? Elf.«

»Elf. Okay. Das tut mir leid. Also für Sie«, entgegnete Tom trocken und wandte sich an Welf: »Kannst du bitte mit ihm reden? Also, ohne was kaputt zu machen?«

»Werd's versuchen«, knurrte Welf, ging schnaubend um den Schreibtisch herum, griff die Lehne des Drehstuhls und drehte den Beamten ruckartig zu sich herum. »Hallo. Ich mag Sie nicht.«

Zu Toms und Welfs großer Überraschung aber blieb der Archivar erstaunlich ruhig, blinzelte nicht einmal. Stattdessen nahm er seine Brille ab, wischte den Beschlag, den Welfs Atem darauf hinterlassen hatte, seelenruhig an seinem grauen Pullunder ab und setzte sie wieder auf. Dann erst antwortete er: »Ich mag Sie auch nicht, aber das ist kaum verwunderlich, denn ich mag eigentlich niemanden. Gibt es sonst noch etwas, was Sie mir sagen wollen, oder kann ich jetzt weiter so tun, als würde ich diese Listen durchgehen, bis Feierabend ist?«

Tom musste unwillkürlich grinsen. Dieser Beamte war ganz schön mutig und besaß anscheinend wenigstens so etwas Ähnliches wie einen Sinn für Humor.

Welf versuchte es erneut mit der Einschüchterungstaktik. »Sie haben also nicht das Gefühl, dass ich Ihnen … unangenehm werden könnte und Sie sich deswegen etwas hilfsbereiter zeigen sollten?«

Der Mann blieb vollkommen ungerührt. »Sie sind mir bereits unangenehm, und ich zeige mich niemals hilfsbereit. Wenn Sie jetzt vielleicht endlich meinen Drehstuhl loslassen würden, vielen Dank.«

Welf blickte zu Tom, der zuckte mit den Achseln. Also ließ der Werwolf den Bürostuhl los und prompt drehte sich der Archivar wieder von ihm weg und seinem Bildschirm zu.

Ich denke, telepathierte Tom zu seinem Onkel lautlos hinüber, *mit der Masche kommen wir nicht weiter.*

Sieht so aus, antwortete Welf, *der ist ein harter Knochen. Aber ich weiß, wer noch härter ist.*

Welf!, rief Tom in Gedanken. *Ihr habt geschworen, niemandem Leid anzutun!*

Doch Welf grinste nur und bedeutete Tom, ihm

nach draußen zu folgen. Noch im Gehen fischte der Werwolf nach seinem Handy und suchte nach einer Nummer. Gleichzeitig rief er Vlarad telepathisch: *Du musst uns jemanden teleportieren, und ja, ich weiß, du hast nur noch wenig Ektoplasma übrig. Das ist es wert.*

»Ektoplasma?«, rief Tom aufgeregt. »Das ist doch das schleimige Zeug aus den *Ghostbusters*-Filmen? Das gibt's in echt?«

Welf winkte ab. »Nicht ganz. Vlarad hat diesen grünlichen Rotz hergestellt, in dem man magische Energie speichern kann. Und Mimi hat es dann nach dem Schleim aus *Ghostbusters* benannt. Soll wohl so ähnlich aussehen, hab den Film nie gesehen.«

»Filme«, korrigierte Tom. »Und Zeichentrickserien. Und Games und …« Welf hob nur die Hand, und Tom verstand, dass das nicht der richtige Zeitpunkt war, um mit dem Werwolf über Nerdkram zu reden.

Kurze Zeit später stand Tom vor dem Rathaus und sah Welf zu, wie er mit irgendwem telefonierte.

»Ja, nach Grubweiler. Und *wie* es eilt, Vlarad bereitet eine Teleportation vor. Doch, das ist nötig … Ja, das weiß ich, Vlarad wird einen Eimer bereitstellen … Bitte kommen Sie dann direkt zum Rathaus Grubweiler. Wir warten hier. Fröhliches Kotzen, tschau.«

Welf legte mit einem Tastendruck auf und steckte

das Handy zurück in die Innentasche seiner Lederjacke.

»Mit wem hast du gesprochen?«, fragte Tom neugierig, und Welf grinste. »Mit der einzigen Person, die dem Typ da oben gewachsen ist. Willst du ein Eis?« Er deutete quer über den Rathausplatz, wo ein geschwungener Schriftzug, eine bunte Markise und ein paar Bistrotische eindeutig auf eine Eisdiele schließen ließen.

Kapitel 11:
Die Geheimwaffe

Toms Spaghetti-Eis hatte gerade den Zustand erreicht, in dem es einfach nur noch aussah wie zu viel Vanillesoße in einem Eisbecher. Welf bezahlte das Eis und seinen doppelten Espresso. Der Kellner bedankte sich mit einem ganz und gar nicht italienisch klingenden »Mille Kratzie« und unterhielt sich dann weiter mit einem anderen Gast in breitestem saarländischem Dialekt.

»Hallo, ich würde mich gerne vor Ihnen erbrechen, ich hoffe, das ist Ihnen nicht unangenehm?«, hörten sie plötzlich eine wohlbekannte Stimme neben sich, und Welf grinste. »Das ging schnell, sehr gut.«

Es war ihr Anwalt Rufus T. Feuerflieg, der mit bleichem Gesicht und Schweiß auf der Stirn vor ihnen stand und nicht gerade den fittesten Eindruck machte. Er hatte Tom das Testament seines Großonkels

Heinrich eröffnet und war, neben Toms Oma, der einzige Mensch, der von den lebenden Toten in der Geisterbahn wusste.

»Herr Feuerflieg! Mit Ihnen hätte ich nun wirklich nicht gerechnet!«, rief Tom. »Hat Vlarad Sie wirklich hierher gedingst? Das ist ja der Hammer! Wie funktioniert das denn?«

»Ungenügend, denn mein Magen ist noch in der Kanzlei«, grummelte Herr Feuerflieg. »Ich hoffe, es ist dringend.«

Welf nickte. »Viele Menschen sind in Gefahr, und wir müssen herausfinden, was wir dagegen tun können.«

»Der Vampir soll sie alle weg teleportieren: In einen Baumarkt, und am besten in die Eimerabteilung«, schimpfte der Anwalt. »Das letzte Mal war mir so schlecht, als sich meine Frau von mir scheiden ließ.«

»Oh je«, sagte Tom. »Das tut mir leid, haben Sie darunter so gelitten?«

»Nein, ich habe drei Tage lang gefeiert, und danach musste man mir den Magen auspumpen. Man fand drei kleine Sektflaschen und ein Würfelspiel. Um was geht's hier eigentlich?«

»Es gibt da jemanden, den Sie schwindelig reden müssen, Rufus«, erläuterte Welf und zog den Anwalt mit sich Richtung Rathaus.

»Guten Tag, sind Sie hier der Archivar?«, erkundigte sich Rufus T. Feuerflieg und grinste breit.

»Ja, das bin ich, und warum sitzen Sie auf meinem Schreibtisch?«, fragte der Beamte. Dann entdeckte er Tom und Welf, und sein Blick wurde noch etwas ausdrucksloser als zuvor. »Was wollen Sie wieder hier? Habe ich Ihnen nicht deutlich gesagt, dass Sie keinen Zutritt zum Archiv bekommen?«

»Ja, das haben Sie«, antwortete stattdessen der Anwalt. »Aber mir haben Sie das noch nicht gesagt.« Er streckte dem Beamten schwungvoll eine Visitenkarte entgegen. »Rufus T. Feuerflieg, Anwalt für Angelegenheiten aller Art.«

Der Archivar las, was auf der Karte stand, und blickte dann fragend zu Feuerflieg. »Das ist die Rabattkarte eines Fastfood-Restaurants.«

»Richtig, ich biete Ihnen zwei verbilligte Cheeseburger, wenn Sie uns ins Archiv lassen. Nehmen Sie nur, ich mag keinen Käse«, erklärte der Anwalt und schob dem Mann das Kärtchen bis unter die Nase.

Genervt riss ihm der Archivar die Karte aus den Fingern und warf sie, ohne hinzusehen, in den Mülleimer.

»Bravo! Was für ein Wurf!«, rief der Anwalt. »Dafür erhalten Sie vierundfünfzig Rabattkarten mehr!« Und schon flatterte ein ganzer Haufen Kärtchen auf den Beamten nieder, der gar nicht wusste, wie ihm geschah.

»Jetzt verstehe ich, was du meinst«, flüsterte Tom seinem wölfischen Onkel zu. »Herr Feuerflieg ist die perfekte Geheimwaffe für Leute wie den.« Welf lächelte zufrieden und lehnte sich entspannt an eine Säule.

»Was … was soll das Theater? Verschwinden Sie! Aber sofort!«, rief der Archivar gerade und wischte hektisch die vielen kleinen Kärtchen von seinen perfekt sortierten Unterlagen.

»Lassen Sie uns ins Archiv?«, fragte Rufus T. Feuerflieg so freundlich, als wäre er gerade erst angekommen.

»Auf gar keinen Fall!«, schimpfte der Beamte. »Ich rufe jetzt den Sicherheitsdienst!«

»Tun Sie das. Hier ist der Knopf für den versteckten Alarm«, sagte der Anwalt und stellte ein kleines Kästchen mit einer roten Taste vor den Mann. Aus dem Kästchen ragte ein Stück abgerissenes Kabel. »Oh. Tut mir leid, das Kabel war zu kurz. Na ja, dann rufen Sie eben ein bisschen lauter.«

»Das … das ist Sachbeschädigung«, stammelte der Beamte fassungslos.

»Das nennen Sie Sachbeschädigung?«, rief der Anwalt mit gespielter Entrüstung. »Wie nennen Sie *das*?« Er beugte sich vor und klebte einen offensichtlich gebrauchten Kaugummi quer über den PC-Bildschirm. Nahezu gleichzeitig zückte Feuerflieg ein kleines Fläschchen, auf dem ein Schildchen mit der Abbildung eines Totenkopfs klebte.

»Wenn Sie uns jetzt sofort ins Archiv lassen, überlasse ich Ihnen dieses Probefläschchen mit hochwirksamem Bildschirmreiniger. Und wenn Sie zufrieden sind, können Sie mit dem beigefügten Bestellschein noch mehr davon ordern, und die zehnte Flasche ist gratis. Na, was sagen Sie?«

Der Archivar schaute völlig überfordert von dem Kaugummi auf dem Bildschirm zu dem Fläschchen in der Hand von Feuerflieg und wieder zurück.

»Sie sollten sich beeilen mit der Entscheidung, denn in zehn Sekunden ist der Kaugummi so hart, dass Sie den Rest ihres Lebens drum herum arbeiten müssen«, erklärte der Anwalt seelenruhig. »Und ich weiß genau, wie lange es dauert, bis man im Staatsdienst einen neuen Bildschirm bekommt. Ach du liebes Bisschen, jetzt schau doch nicht so traurig, hier, das ist für dich.«

Feuerflieg wühlte in seinen unergründlichen Taschen, fischte etwas heraus, und schon hatte er mit wenigen Pustern einen roten Luftballon aufgeblasen, den er dem hoffnungslos überforderten Archivar in die Hand drückte.

»Jeder freut sich über einen Luftballon«, sagte er.

»Damit kann man so lustige Sachen machen.« Mit diesen Worten nahm er dem Beamten den Ballon noch einmal weg und rubbelte ihm damit über die spärlichen Haare. Diese luden sich sofort elektrostatisch auf und standen nun igelartig zu Berge.

Feuerflieg gab dem Mann den Ballon wieder zurück und klopfte ihm beruhigend auf die Schulter. »Geht es Ihnen jetzt besser?«

Tom konnte nicht mehr anders, er schlug sich beide Hände vor den Mund und prustete hinein. Auch von Welf war ein leises, heiseres Lachen zu hören und das zu Recht: Der Archivar saß vor seinem kaugummiverzierten Bildschirm inmitten unzähliger Rabattkärtchen, in der Hand einen roten Luftballon, der bereits Luft verlor, und auf dem Kopf die Frisur eines schockgefrorenen Stachelschweins.

»Was … was muss ich tun, damit Sie verschwinden«, flüsterte der Archivar schließlich, und Tom wusste: Sie hatten gewonnen.

Der Beamte zuckte zusammen, als Rufus T. Feuerflieg ihn etwas zu fest in den Arm nahm, um direkt in sein rechtes Ohr zu flüstern: »Sie müssen uns nur für ein paar Minuten in Ihr Archiv lassen, und schwupps werden Sie mich nie wieder sehen.«

»Versprochen?«

»Versprochen.«

Kapitel 12:
Ein uralter Erlass

Wir haben es geschafft!«, rief Tom begeistert, als er in den Zirkuswagen stürmte. »Ich habe die Originalurkunde mit dem Erlass aus dem achtzehnten Jahrhundert!«

Vlarad sah prüfend an ihm hinauf und hinab. »Nun bin ich aber gespannt, wie du diese aus dem Rathausarchiv geschmuggelt hast, Junge. Nein, sag nichts, lass mich raten: Du hast dir die Dokumente um die Beine gewickelt? Nein, falsch, ich sehe, dass deine Hose ganz von selbst Falten wirft, ebenso deine Ärmel. Hmmm …«

Inzwischen waren auch Welf und Rufus T. Feuerflieg in den Zirkuswagen gestiegen und sahen genüsslich zu, wie sich der Vampir abmühte.

»Dreh dich mal herum, bitte. Also gut, auch nicht unter dem Hemd auf dem Rücken. Nun wird es wahrlich schwierig, das muss ich zugeben. Wo könntest du … Wie viele Seiten sind es denn?«

»Sieben«, antwortete Tom wahrheitsgemäß. »Auf der siebten Seite pappen dicke Wachssiegel der Stadt Grubweiler und eines Beamten der damaligen Landgrafschaft Hessen-Homburg. Und die Übersetzung ins Hochdeutsche hab ich auch.«

»Sieben Seiten und zwei Siegel plus die Übersetzung? Hölle und Brut, ich komme nicht drauf«, fluchte der Vampir. »Raus mit der Sprache, wo hast du es versteckt?«

Tom hob grinsend sein Smartphone hoch. »Hier. Neunundvierzig Fotos von vierzehn Seiten in drei Minuten. Wenn ihr in dem Wust da hinten den Drucker findet, können wir die jeweils besten Bilder für jeden auf Fotopapier ausdrucken, und alle lesen gleichzeitig.«

Vlarad riss in gespielter Entrüstung die Arme in die Luft. »Oh, Diebesehre, Banditencodex – wo bist du nur geblieben? Musst auch du dich nun den Röhren und Kathoden geschlagen geben?«

»Ähm, wohl eher den Platinen und Prozessoren, Vlarad«, kicherte Mimi. »Aber ich glaube, wir verstehen alle, was du meinst. Sei trotzdem ein bisschen leiser, denn gegenüber baut der doofe Zoracz sein Spiegelkabinett auf.«

»Stimmt, den gibt's ja auch noch«, sagte Tom und ging hinüber zum Fenster. Er öffnete die dicken Vorhänge einen Spalt breit und sah hinaus. Tatsächlich: Schräg gegenüber von ihnen ruhte das pagodenförmige Holzdach bereits auf unzähligen schwarz gestrichenen Holzständern. Vor der untergehenden Sonne wirkte die gesamte Konstruktion wie ein Scherenschnitt aus schwarzem Tonpapier.

Tom wusste, wie ein Spiegelkabinett von innen aussah, obwohl er selbst noch nie eins betreten hatte. Darum konnte er sich zusammenreimen, dass die schwarzen Balken nicht nur das Dach hielten, sondern auch unzählige Spiegel und Scheiben. Wenn man dann versuchte, einen Weg hindurch zu finden, stieß man entweder gegen das Glas oder stand sich selbst plötzlich mehrfach gegenüber. Das war eigentlich schon der ganze Witz. War das Ding einmal aufgebaut, musste man nur noch Tickets verkaufen und ab und zu die Scheiben sauber machen.

Die Frau in Rot war damit beschäftigt, das Glas in die Rahmen einzusetzen. Sie schien überhaupt keine Mühe zu haben, die großen Scheiben zu heben. Gerade stellte sie einen ganzen Stapel von mindestens fünf Spiegeln einfach zur Seite, als wäre es eine leere Umzugskiste. Von Zoracz keine Spur.

Tom schloss den Vorhang wieder, sodass kein Blick

von außen ins Innere möglich war, und wendete sich den anderen zu.

Welf hatte währenddessen tatsächlich den Drucker unter einem Haufen Geschirr gefunden und auf die schmale Küchenzeile gestellt. Rufus T. Feuerflieg hielt das Stromkabel in der Hand und sah sich um. »Wie macht ihr das hier? Nein, lasst mich auch mal was raten: Ihr zaubert Strom in ein Schwein und ich schieb den Stecker in den Rüssel, richtig?«

»Wir verwenden Kabeltrommeln«, antwortete Welf gewohnt trocken. »Ich hab sie vorhin wieder angesteckt, und die Sicherung ist drin.«

»Da hätte ich jetzt etwas mit mehr Showeffekt erwartet, aber gut.« Der Anwalt zuckte mit den Achseln und drückte den Stecker in eine Dreifachsteckdose neben der Anrichte. Sofort erwachte der Drucker zum Leben und ließ den Schlitten mit den Druckerpatronen erst einmal gefühlte fünfzig Mal sinnlos klackernd hin- und herfahren.

Tom nutzte die Zeit und sortierte die unscharfen Bilder auf seinem Smartphone aus. Als der Drucker sich beruhigt hatte und die drahtlose Verbindung aufgebaut war, legte Tom einen Stapel Papier ein, drückte auf »Senden«, und schon ging es los. Nach dreißig Sekunden hielt Vlarad bereits die erste Seite in den feingliedrigen Händen und las.

Der Anwalt hob den Finger. »Nun denn, wenn es hier niemanden mehr gibt, dem ich auf die Nerven fallen soll, würde ich mich empfehlen.«

Vlarad sah auf. »Also, falls es Ihnen nichts ausmacht, würde ich Sie herzlich bitten, zurück doch den Zug zu nehmen. Das Ektoplasma ist aufwendig in der Herstellung und die Ingredienzien selten.«

Feuerflieg sah den Vampir ernst an. »Bevor ich mich noch einmal von Ihnen teleportieren lasse, fresse ich lieber meinen Aktenkoffer.«

»Sie haben doch gar keinen Aktenkoffer?«, wunderte sich Tom.

»Ich habe heute schon einmal das Gleiche gesagt und die Drohung dann auch wahrgemacht. Doch kaum hatte ich den Henkel mit etwas Marinade hinuntergewürgt, wurde ich trotzdem teleportiert. Das sollte dich einiges über Drohungen lehren, mein Junge, aber ich habe keine Ahnung, was. Auf Wiedersehen allerseits, und wenn ihr mich mal wieder braucht, ruft einfach an – sobald ich eine eurer Nummern erkannt habe, verbrenne ich mein Telefon. Guten Tag.«

Alle lachten, und Tom bedankte sich noch einmal für die Hilfe. Er wusste, dass dem Anwalt diese ganze Sache einen Heidenspaß bereitet hatte. Na gut, vielleicht nicht das mit der Übelkeit, aber alles andere ganz sicher.

Wenig später hatten alle einen Stapel mit sieben ausgedruckten Seiten bekommen. Um Wombie nicht zu benachteiligen, hatte ihm Tom die Papiere zusammengerollt in die freie Hand gesteckt. Der Zombie hatte nicht reagiert, wirkte aber auf eine teilnahmslose Art zufrieden.

»Also, wenn das nicht die Bestätigung ist, die wir gesucht haben«, sagte Mimi, die als Erste fertig gelesen hatte. Sie schwebte vor den Seiten hin und her, die vor ihr auf dem Boden ausgebreitet lagen, und überprüfte noch einmal einzelne Stellen. »Hier steht ganz eindeutig, dass Grund und Boden rund um die alte Pfarrkirche zum Heiligen Ingobertus nicht mehr von Gebäuden zu besiedeln sei. Auch nicht zu kreuzen im Notfalle, ebenso wenig durch Fuhrwerke. Auch sei dem Platze rund um die Pfarrkirche das Marktrecht entzogen und an seiner statt soll der Rathausplatz genutzt werden. Im Klartext heißt das, dass man hier auf dem Platz eigentlich gar nix darf, außer ab und zu mal schnell drüberlaufen.«

Tom schüttelte den Kopf. »Und da hat sich keiner die Mühe gemacht, mal nachzuforschen, warum dieser alte Erlass besteht? Das ist schon echt krass, oder?« Er überlegte und kratzte sich am Kopf. »Ich frag mich aber auch, wie es der Veranstalter geschafft hat, das auszuhebeln.«

Überraschend meldete sich Hop-Tep zu Wort, der Verständlichkeit halber direkt telepathisch: *Verehrte Gefährten, ich hatte seinerzeit genug mit Bürokraten des ägyptischen Staates zu tun und sehe hier genug Schlupflöcher.*

»Echt?«, fragte Tom. »Also, ich finde, das ist alles vielleicht ein bisschen altmodisch, aber hieb- und stichfest formuliert. Es ist einfach alles verboten.«

Der Pharao lachte unter seinen Binden und winkte amüsiert ab. *Junger Herr, das Gesetz ist die Oase, um sie herum tausendundein Pfad, mitten hindurch kein einziger.*

Tom leuchtete das Gleichnis sofort ein. »Okay, du meinst, weil jeder versucht, um das Gesetz herumzukommen? Da hast du sicher recht, aber trotzdem steht hier doch ganz klar …«

Vlarad unterbrach ihn: »Ich denke, ich kann unseren ägyptischen Fürst hier unterstützen, wenn ich darf.«

Hop-Tep nickte, und der Vampir fuhr fort: »Also, der Aufbau von Buden und Fahrgeschäften ist keine *Besiedelung*, und ein Jahrmarkt ist etwas völlig anderes als ein herkömmlicher Bauernmarkt und braucht demzufolge gar kein mittelalterliches Marktrecht. Der Platz wird tatsächlich weder von Passanten noch von Fuhrwerken *gekreuzt*: Barthelmann hat die Buden und Fahrgeschäfte in Schneckenform aufbauen lassen, man kann tatsächlich nicht quer über den Platz laufen. Somit sind alle Verbote aus dem alten Erlass intakt, und doch findet nun etwas statt, was man damals versuchte, für alle Zeiten zu unterbinden.«

Tom schaute nachdenklich auf die sieben Seiten in seiner Hand. »Wozu macht man eigentlich Gesetze, wenn alle nur versuchen, drumherumzukommen?«

Die Mumie lachte. *Du sprichst wahre Worte, Junge. Würden sich alle Menschen Wort für Wort an nur sieben von zehn der Gebote eures Christengottes halten, wäre der Gesetzgebung genüge getan.*

Tom war nicht so bibelfest, darum nickte er und beschloss insgeheim, das bei Gelegenheit einmal nachzulesen. »Also gut, wahrscheinlich habt ihr recht. Aber das bedeutet leider, dass der Veranstalter sich von diesem alten Text auch nicht überzeugen lässt. Denn den musste er ja kennen, um ihn zu umgehen.«

Die anderen nickten stumm, und Tom seufzte. Da hatte er sich mehr erwartet. Sein Blick fiel auf Welf, und er sah seinen Onkel verwundert an. »Ist alles okay mit dir?«

Welf nickte griesgrämig. »Ja, ja, ich spür nur, dass bald wieder Vollmond ist.«

»Echt? Wie merkst du das denn?«, fragte Tom interessiert.

»Geruchssinn verbessert sich, Gehör auch, und es

juckt wie der Teufel«, murrte Welf. »Themawechsel. Danke.«

Mimi tat ihm den Gefallen und meldete sich zu Wort: »Schaut mal diese Stelle auf Seite eins unten. Wo ist sie gleich … ah hier: ›Ein Unglück, durch widernatürlichen Fluch oder natürliche Fügung über uns gekommen, bewegte die Unterzeichneten zu folgendem Erlass.‹ Soll das heißen, dass die Leute damals wirklich nicht wussten, ob sie an eine Verwünschung oder an einen Bergbauunfall glauben sollten?«

Der Vampir seufzte. »Das ist leider kaum mehr festzustellen. Auch im achtzehnten Jahrhundert war der Aberglaube noch stark. Nicht umsonst fand die letzte Hinrichtung einer angeblichen *Hexe* in Europa erst im Jahre 1793 statt. Vermutlich wollte man sich hier nicht festlegen. Oder es gibt einen völlig anderen Grund für diese seltsame Formulierung …« Vlarad verstummte und überlegte.

Mimi ließ ihr glockenhelles Lachen hören. »Hi, hi, aber das Verrückte ist doch, dass wir jetzt beides haben: ein Haus, das im Boden versunken ist, *und* einen Poltergeist, der uns wegscheuchen will.«

»Und die Frage ist, was wir dagegen tun«, überlegte Tom. »Ich find's trotzdem super, dass wir den alten Erlass lesen konnten, und wir wissen jetzt wirklich mehr als vorher. Aber ich glaube nicht, dass wir damit irgendwen überzeugen können, seine Zelte hier abzubrechen.«

»Du hast vollkommen recht, mein Junge«, sprach der Vampir. »Wenn wir die Menschen vor dem *Pulsar fortis* schützen wollen, müssen wir es anders angehen.«

»Und wie?«, fragte Tom, obwohl er ahnte, was die Antwort war.

»Wir müssen mit dem Poltergeist reden«, grollte Welf.

Selbst wenn einer der anderen darauf eine Antwort gehabt hätte, wäre diese untergegangen. Denn in diesem Moment bebte abermals die Erde, und Tom schlug der Länge nach hin. Zugleich krachte, klirrte und schepperte es von draußen los, dass sogar Wombie seinen Stoffhasen schützend in die Armbeuge legte.

Kapitel 13:
Siebentausend Jahre Pech

Als Tom und Welf nach draußen gestürzt waren, bot sich ihnen ein unglaubliches Bild: Gegenüber von ihnen lag der größte Scherbenhaufen, den sie jemals gesehen hatten und vermutlich auch sehen würden. Alle, aber wirklich restlos alle Scheiben und Spiegel von Zoracz' Spiegelkabinett waren zerstört, und Abertausende Scherben glitzerten in weitem Umkreis um die nun seltsam leer aussehende Holzkonstruktion mit ihrem schweren Pagodendach.

Die meisten der schwarzen Holzpfähle waren angeknackst oder durchgebrochen. In der Mitte lag die Frau in Rot, und ihr Gesicht war schmerzverzerrt. Quer über ihren Beinen lag ein schwerer Holzbalken, und obwohl sie mit aller Kraft daran zog und schob, bewegte sich dieser keinen Millimeter!

Etwas knackste.

Tom spürte nur den Wind, den Welf verursacht hatte, als er wie ein Blitz losgerannt war. Im nächsten Moment hatte der Werwolf die Frau in Rot erreicht! Doch anstatt den Balken von ihren Beinen zu heben, sah Tom, wie er beide Hände hochhob und ein paar kräftige Hiebe austeilte. Wen oder was er da schlug, war nicht zu erkennen.

Da brachen auch die letzten Balken durch, und das Holzdach begrub alles unter sich mit einem zermalmenden Krachen. Staub, Scherben und Holzsplitter flogen in alle Himmelsrichtungen!

Tom drehte sich unwillkürlich weg und hob schützend die Arme hoch. Eine Kaskade aus diversen spitzen Dingen prasselte auf seinen Rücken und um ihn herum zu Boden. Doch kaum schien das Schlimmste vorbei, drehte sich Tom auch schon wieder um und rannte direkt auf die Unglücksstelle zu. Nur unbewusst registrierte er, dass auch andere Leute angelaufen kamen, die der Krach angelockt hatte. Im Moment war er nur erfüllt von der Sorge um seinen Onkel. »Welf! WELF!«, schrie er. »Bist du da drin?«

Tom kniete sich hin und versuchte, in dem Spalt zwischen Boden und Dach irgendetwas zu erspähen. Es war völlig unmöglich, dass die beiden diesen Crash überlebt hatten! Unter der Pagode erkannte er nur noch Scherben, geborstenes Holz und Dunkelheit.

Tom schniefte, und erste Tränen machten seinen Blick wässrig, als er ein Geräusch bemerkte, das irgendwo aus der Mitte des Daches zu kommen schien.

Er sprang auf und wollte gerade über den dicken, abgerundeten Rand klettern, als ein paar Meter vor ihm eine krallenbewehrte Hand durch das Holz schmetterte wie eine mittelalterliche Kanonenkugel.

Ihr folgte krachend eine zweite Hand, schon packten die Finger kräftig zu, ein türblattgroßes Stück des Daches wurde einfach abgerissen und weit davongeschleudert. Tom hörte die erstaunten Rufe der Leute, die sich um den Unfallort versammelt hatten, als der Holzfetzen irgendwo auf dem Kopfsteinpflaster landete und hölzern klappernd ein paar Meter weiterrutschte.

Plötzlich erschien die Frau in Rot in der Öffnung, als würde sie mit einem Aufzug nach oben fahren, und das Ganze wirkte fast wie eine Art Varieté-Vorstellung. Als ihre hochhackigen Schuhe das Dach berührten, trat sie zur Seite und gab den Blick auf einen muskelbepackten Arm frei, der sie offensichtlich einfach hochgehoben hatte. Sie fasste die Hand, zog daran und beförderte ebenso erstaunlich mühelos den ganzen Welf nach oben. Der landete nahezu lautlos neben ihr auf dem Dach, und so standen sie nun beide nebeneinander im Licht der Straßenlaterne und sahen auf die Leute herunter.

»Welf!«, rief Tom erleichtert und wischte sich nur zur Sicherheit über die Augen, damit auch ganz sicher keine Tränen zum Vorschein kamen. Als Welf zusammen mit der Frau in Rot vom Dach stieg, konnte Tom nicht anders, als ihn fest zu umarmen.

Er hörte, wie spontaner Applaus aufbrandete, der allerdings jäh unterbrochen wurde von einer bekannten Stimme: »Was soll das? Was zum Teufel und seiner Brut ist hier passiert?«

In der Aufregung hatte Zoracz mal wieder vergessen, sein R zu rollen. Anscheinend war er ebenso von alldem überrascht worden. So stand er nun vor seinem Wohnwagen in einem seiden glänzenden, schwarzen Morgenmantel. Darunter trug er ein altmodisches Feinripp-Unterhemd.

»Es gab ein Erdbeben, und Ihr Spiegelkabinett ist zusammengeklappt«, antwortete Tom. »Aber Welf hat Ihre Assistentin gerettet.«

»Hat errr das? Wie überrraus heldenhaft«, schnarrte Zoracz und schritt hinüber zu Welf und der Frau.

»Dada, meine Teurrrre, ich freue mich, dass du unversehrt bist. Und ich hörte, ich hätte das Ihnen zu verdanken, Welf?«, säuselte er. »Herrzlichen Dank für Ihren heldenhaften Einsarrtz.«

Stimmt, die hat ja einen Namen, fiel Tom da wieder ein. Einen seltsamen zwar, aber wenigstens musste er so nicht immer »Frau in Rot« denken. Dada. Hm. War wohl eine Abkürzung.

»Erzählen Sie mir doch bitte, wie Sie diese Glanzleistung vollbrrracht haben, mein Bester. Ich bin so neugierrig«, sagte Zoracz gerade an Welf gewandt.

Anstelle des Werwolfs sprach nun Dada: »Mein haariger Held hier hat über mir alle Stützbalken durchgeschlagen, sodass wir in der Mitte des Daches bequem stehen konnten, ohne von den Balken erschlagen zu werden.«

Tom staunte. Das war es also gewesen, wonach Welf geschlagen hatte. Er hatte gewusst, dass die Dachkonstruktion jeden Moment auf sie herabfallen würde und die Zeit niemals ausreichte, um Dada zu befreien und die Gefahrenzone zu verlassen. Also hatte er sozusagen Platz geschaffen für sie beide, indem er das Dachgebälk an der Stelle durchschlagen hatte, wo sie standen. Auf diese naheliegende Idee wäre Tom nie gekommen, aber er verfügte ja auch nicht über die Kraft eines Werwolfs und Krallen von der Länge eines Metzgermessers.

»Was wollen Sie jetzt tun?«, wollte Tom von Zoracz wissen. Der lachte künstlich. »Nun zunächst einmal bedeuten diese Scherrrben etwa siebentausend Jahre Pech, nicht wahr? Muahaha!« Zoracz kam nun plötzlich so nah, dass Tom sein süßliches Parfüm riechen konnte, und zischte nur für ihn hörbar in sein Ohr:

»Aber, kleiner Bengel, wenn du gedacht hast, dass ich diese kläglichen Reste nun einpacke und von dannen ziehe, um irgendwo meine Wunden zu lecken, dann täuschst du dich gewaltig. Jetzt will ich erst rrrecht wissen, was hier gespielt wird, und ich brrenne darauf, diesen Polterrrgeist perrrsönlich kennenzulerrrnen. Wer solch eine Krrraft hat, ist sicherlich noch zu ganz anderrren Dingen in der Lage. Und das interrressiert mich. Brrrennend.«

Tom nickte. »So langsam wird mir einiges klar.«

»Wird es das? Wie schön für dirrch«, rollte Zoracz und ignorierte den genervten Blick seiner Assistentin.

Natürlich waren ihr die vielen falsch eingesetzten Rs von Zoracz aufgefallen. Sie sagte aber nichts. Stattdessen wandte sie sich an Welf und drückte ihm einen verdammt langen und innigen Kuss direkt auf den Mund. Dann löste sie sich von ihm und stöckelte an Tom, Zoracz und den staunenden Leuten vorbei in Richtung des Wohnwagens. Dabei wackelte ihr Po hin und her, als würde sie sich damit einen Weg freischubsen wollen.

Tatsächlich wagte es glatt einer der Umstehenden, ihr einen prollig-anerkennenden Pfiff hinterherzuschicken. Dada bewegte sich so schnell, dass es die meisten vermutlich gar nicht richtig sehen konnten. Ihr rechtes Bein war nur als Schliere zu erkennen, und sie hatte kaum ihren Schritt verlangsamt, als es laut klatschte und das Pfeifen mit einem unterdrückten Krächzen erstarb. Der grobschlächtige Typ hatte immer noch die Finger im Mund, aber auf seiner Stirn war nun deutlich der Abdruck von Dadas Schuh zu erkennen. Regungslos kippte er einfach um und blieb ohnmächtig liegen.

Zoracz' Assistentin verschwand im Wohnwagen, ohne sich noch einmal umzusehen.

»Nun, dann ist es auch für mich an der Zeit, diesen errreignisreichen Abend für beendet zu erklären«, sprach Zoracz an Tom gewandt. »Gurrte Nacht allerseits.«

Er drehte sich auf dem Absatz herum und stolzierte durch die Leute hindurch zurück zu seinem Wagen.

»Was ... was ist denn hier los?«, hörte Tom da eine bekannte Stimme rufen. Es war der Veranstalter Frank Barthelmann, der schwer atmend angelaufen kam.

Tom bemerkte wohlwollend, dass der Mann einen Schlafanzug trug, der gestaltet war wie die Uniform von Captain Kirk aus *Raumschiff Enterprise*: ein gelbes Oberteil mit schwarzem Kragen und dem typischen Abzeichen und eine schwarze Hose, die nur bis über die Knie reichte.

Der Typ ist ein Trekkie, dachte Tom, das ist allerdings ein Pluspunkt.

»Das Spiegelkabinett von Zoracz ist

zusammengeklappt«, antwortete er laut, nachdem keiner von den anderen Standbetreibern es für nötig befand, den Veranstalter zu informieren. »Vorher hat die Erde gebebt, alle Scheiben sind geplatzt, und mein Onkel hat die Assistentin von Zoracz gerettet, bevor das Dach sie zerschmettert hätte.«

Tom erlebte den sonst so hitzigen Barthelmann zum ersten Mal sprachlos. Der Veranstalter rubbelte sich nachdenklich über die Glatze. Dann winkte er einen der Umstehenden zu sich. Es war ein älterer Herr, der die ganze Zeit etwas abseits gestanden hatte.

»Fröhning, wie lange tingeln Sie schon über die Märkte in Deutschland?«, fragte Barthelmann, ohne seinen Blick von der Unglücksstelle abzuwenden.

»Schon immer«, antwortete der Mann. »Wir sind eine Familie von Schaustellern, das wissen Sie doch.«

»Haben Sie so was schon mal erlebt?«, fragte der Veranstalter und deutete mit dem ausgestreckten Zeigefinger auf das zusammengesackte Spiegelkabinett.

»Nein, so etwas habe ich noch nie gesehen«, sagte der Mann leise. »Und ich kann mich auch nicht erinnern, dass irgendwer von einer solchen Sache erzählt hätte. Natürlich gab es in den vielen, vielen Jahren immer mal wieder Unfälle, aber das … das ist … Also … ich kann mir gar nicht erklären, wie …«

»Ich auch nicht.« Barthelmann seufzte. »Vielleicht

war es wirklich ein Fehler, hier einen Markt zu veranstalten.«

Tom sah zu Welf, der ebenso überrascht wirkte. Damit hatten sie beide nicht gerechnet.

Der Veranstalter wendete sich an die anderen Marktbetreiber, und alle sahen ihn erwartungsvoll an. Tom konnte trotz der ernsten Situation ein Grinsen nicht unterdrücken, denn es sah schon ziemlich lustig aus, wie der Mann in seinem Captain-Kirk-Schlafanzug vor den Leuten stand, um das Wort an sie zu richten.

»Gestern sind die beiden da«, Barthelmann deutete mit dem Daumen auf Tom und Welf, »zu mir gekommen und haben versucht, mich zu überzeugen, hier alles abzublasen.«

Ein Raunen ging durch die Menge, aber der Veranstalter sprach umgehend weiter: »Ich hab gesagt, dass ich ewig gebraucht habe, bis ich überhaupt hier ein Event abhalten konnte, und ich wollte euch alle natürlich nicht einfach so wieder nach Hause schicken. Viele von euch sind weit gefahren, es ist Saisonanfang, und wir alle verdienen damit unseren Lebensunterhalt.«

Er machte eine nachdenkliche Pause. Keiner sagte einen Ton, bis er weitersprach: »Also … Ich weiß nicht, was hier los ist, vielleicht ist auch gar nix los, und das war einfach nur Zufall. Aber eins weiß ich sicher: Niemand von uns würde sich beim Aufbau seiner Bude so verhauen, dass alle Scheiben platzen und das Ding so zusammenkracht.«

Zustimmendes Gemurmel war zu hören. Anscheinend traf Barthelmann den Nerv mit seiner Ansprache.

»Außerdem hab ich das Beben auch gespürt, und, ehrlich gesagt, fühlt sich das Ganze schon kacke an. Also: Wenn nach dieser … Sache hier irgendwer von euch beschließt, dass er abhauen will, kann ich das verstehen. Ich berechne euch keine Standgebühr, und ich schau, dass ich euch auf einer meiner anderen Veranstaltungen unterbringe, sodass ihr den Verlust wieder reinholen könnt. Sagt mir bitte morgen Bescheid, wenn ihr abreist. Ich will eine Liste machen, und dann müssen die, die bleiben, dann enger zusammenrücken.«

Spontaner Applaus brandete auf, das Angebot des Veranstalters erschien allen fair. Auch Tom war dieser Meinung, und obwohl sie sich anfangs so über den starrköpfigen Mann geärgert hatten, tat er ihm nun irgendwie leid.

»Was sagst du, Welf?«, fragte er, und der kratzte sich nachdenklich am Kinn. »Besser ein paar hauen ab, als kein…« Welf hielt abrupt inne und griff sich verwundert an den Unterarm. Tom folgte seinem Blick: Die Haare auf Welfs Arm hatten sich aufgestellt, als hätte er darauf einen Urwald für Flöhe gepflanzt.

Alarmiert sah sich der Werwolf um, und Tom ebenso. Doch alles um sie herum war vollkommen ruhig.

»Welf, was …«, begann Tom, doch da unterbrach ihn dieser mit lauter Stimme und einem Unterton, der keinen Widerspruch duldete: »Achtung! Jeder sucht sich einen sicheren Ort! In der Kirche, an stabilen Wänden, unter Theken, Tischen oder in Türrahmen! JETZT!«

Niemand zweifelte an Welfs Ernsthaftigkeit, alle taten sofort, wie ihnen geheißen, und stoben auseinander, so schnell es ihnen möglich war.

Welf griff dem alten Fröhning unter die Arme und trug ihn in Windeseile zur Kirche, wo er ihn an die dicke Mauer lehnte. »Hier bleiben!«, befahl er, Fröhning nickte, und Welf war schon wieder verschwunden. Tom spürte nur noch, wie er hochgehoben wurde, und bevor er sich's versah, hatte ihn sein Onkel quer über den Platz getragen und unter den Zirkuswagen geschoben.

Alle in die Geisterbahn!, hörte Tom seinen Onkel telepathisch rufen. Die sachliche Antwort von Vlarad kam prompt: *Wir sind unterwegs.*

Da flüsterte Mimi plötzlich direkt neben Tom in sein linkes Ohr: »Mir kann nichts passieren, ich sehe mich um!«

»Pass trotzdem auf dich auf!«, rief Tom, als Mimi auch schon davonflitzte.

Tom wusste, dass das Geistermädchen keine Angst vor Erdbeben oder fallenden Trümmern haben musste. Auch hatte sie jahrhundertelange Übung darin, nicht gesehen zu werden. Wenn sie sich schnell bewegte und dazu noch in der Nähe von hellen Lampen aufhielt, würde sie niemand auf dem Platz wahrnehmen.

Außerdem waren die Menschen gerade vollauf damit beschäftigt, sich einen sicheren Platz zu suchen. Tom sah, dass einige in ihren Buden verschwanden, andere zu ihren Wohnmobilen oder Wohnwagen hetzten, während der Rest im Schatten der alten Kirche Schutz suchte. Unter ihnen war auch Barthelmann, der dank des gelben Kirk-Shirts mit den goldenen Kapitänsstreifen auch in der Nacht kaum zu übersehen war.

Dabei wusste niemand, was für eine Gefahr eigentlich drohte. Aber Welf war so überzeugend gewesen, dass nach einer halben Minute kaum mehr jemand auf dem Platz zu sehen war.

Einsam lag das zerstörte Spiegelkabinett inmitten eines Meeres aus Scherben, die im Schein der Straßenlaternen schimmerten.

Und es passierte nichts.

Gar nichts.

Kapitel 14: Ausflug in die Tiefe

Ähm, Welf?, funkte Tom seinen Onkel telepathisch an. *Du bist dir aber sicher, dass da was kommt?*

Ja. Bleib, wo du bist!, kam die scharfe Antwort, und Tom zuckte zusammen, als hätte Welf ihn aus nächster Nähe angeschrien.

Ja doch. Aua. Kein Grund, so laut zu … telepathieren!, schimpfte Tom und rieb sich die schmerzenden Schläfen.

Er sah, wie auch die anderen Menschen langsam prüfend aus ihren Verstecken krochen und sich umsahen, als wollten sie testen, ob es vielleicht regnete.

Ehrlich gesagt, sah das schon fast ein bisschen lustig aus, fand Tom, als er der Besitzerin des Tombolastands zusah, wie sie erst leicht und dann immer fester auf den Boden stampfte, um zu prüfen, ob der Boden denn stabil blieb.

Doch das Lachen verging ihm sofort, als er ein Zittern an den Fußsohlen spürte, das immer stärker wurde …

»Es geht los«, flüsterte Tom zu sich selbst und griff mit beiden Händen nach der rostigen Achse des Zirkuswagens.

Das Schlimmste war der Kontrollverlust.

Tom hasste es, wenn er dazu verdammt war, nichts zu tun, und einfach abzuwarten, und das Erdbeben verdonnerte ihn zur Untätigkeit! Er konnte nichts tun, außer unter dem Zirkuswagen zu kauern und zu hoffen, dass es wieder vorbeiging.

Tom sah ohnmächtig zu, wie die Straßenlaternen erst schwankten, dann flackerten, und schließlich in alle Richtungen knickten wie Strohhalme. Das Licht der blitzenden Laternen wurde von den unzähligen Glasscherben auf dem Kopfsteinpflaster hin- und hergeworfen wie von einer verrückt gewordenen Spiegelkugel, bevor eine Lampe nach der anderen in einer funkelnden Kaskade verlöschte.

Die Erschütterungen wurden immer stärker, und mit Schrecken sah Tom, dass auch die beiden Türme der alten Kirche wankten. Das uralte Zifferblatt der Turmuhr zitterte bedrohlich, und Tom erkannte, dass die beiden Zeiger bereits schlaff nach unten hingen. Direkt darunter wollte eine Gruppe von vier

Leuten Zuflucht suchen, und Tom brüllte über das Beben hinweg: »Hey! Weg von der Uhr! Zu den anderen! SCHNELL!«

Da kam auch schon etwas so schnell angeschossen, dass Tom nur an den graubraunen Schlieren erkannte, um wen es sich handelte: Welf rammte die vier Leute mit ausgebreiteten Armen aus der Gefahrenzone wie ein Schneeräumer und nahm in Kauf, dass diese von der Wucht des Aufpralls übereinander fielen. Keine Sekunde zu früh, denn schon bohrten sich an der Stelle, wo sie alle eben noch gestanden hatten, zwei mannshohe Uhrzeiger wie Harpunen in den Boden.

Die Menschen, die sich an die Mauer darunter gedrückt hatten, schrien auf, und einige machten Anstalten, auf den Platz hinaus zu laufen.

Da kam Mimi aufgeregt angerast. »Die Mauern halten, Tom, aber das Dach nicht. Schau!«

Tom folgte ihrem aufgeregten Fingerzeig und stellte mit Schrecken fest, dass sich die Schindeln auf dem Dach der Kirche lockerten. Hektisch kroch er unter dem Wagen hervor, formte die Hände am Mund zu einem Trichter und brüllte wieder zur Kirche hinüber: »An die Wand! FLACH AN DIE WAND!«

Der alte Fröhning begriff als Erster, was los war, schnappte eine Frau vor sich am Arm und zog sie zurück an die alte Steinmauer unter den Dachüberstand.

Die übrigen Leute folgten ebenfalls Toms Ruf, und auch der Veranstalter rannte los, packte einen schimpfenden drahtigen Mann einfach am Kragen und zog ihn zurück zur Mauer. Ein Schrei von Barthelmann drang an Toms Ohr, als ihn eine der ersten Schindeln am Arm traf. Doch er blieb nicht stehen, sondern presste den anderen Mann flach an die Wand.

Keine Sekunde zu früh, denn schon prasselte eine nicht enden wollende Kaskade von Dachschindeln vor ihnen nieder. Durch die vorspringende Dachkonstruktion waren die Menschen tatsächlich geschützt vor den schweren, splitternden Geschossen, und Tom wollte gerade erleichtert aufatmen.

»Pass auf!«, rief Mimi da plötzlich links neben ihm, und Tom machte instinktiv einen Satz nach rechts, als das Campingmobil von Zoracz auch schon haarscharf an ihm vorbeiraste.

»Aus dem Weg!«, hörte er Zoracz' Stimme rufen, und Tom erkannte noch, dass die Frau in Rot auf dem Beifahrersitz saß und hektisch damit beschäftigt war, sich anzuschnallen. Da gab Zoracz auch schon Vollgas und ließ seinen Camper, ohne Rücksicht auf andere Menschen, einfach quer über den Platz schießen. Offensichtlich hatte er dabei aber vergessen, dass dort alles voller Glasscherben aus seinem eigenen Spiegelkabinett war: So gab es vier Mal schnell hintereinander einen lauten Knall, gefolgt von einem fiesen mehrstimmigen, metallischen Kreischen, als die blanken Felgen seines Wagens über das Kopfsteinpflaster quietschten. Funken stoben und erhellten den Platz, Zoracz verlor die Kontrolle über das schwere Campingmobil, und es drehte sich inmitten der Scherben schlingernd um die eigene Achse.

Ein junger Mann versuchte verzweifelt, dem außer Kontrolle geratenen Camper auszuweichen. Doch der schien immer genau dorthin zu rutschen, wo der Mann gerade war. Tom erschrak, als der Typ plötzlich hinter dem Reisemobil verschwand.

Da riss Tom ein weiteres Beben von den Füßen, und er hatte alle Mühe, nicht wieder hinzufallen.

Als er den Blick hob, war wie aus dem Nichts plötzlich ein großer, schwarzer Schatten direkt über dem Camper erschienen. Ein mannsgroßes Ungetüm mit ledrigen Flügeln spreizte riesige Krallen, tauchte nach unten und schwang sich dann zusammen mit dem jungen Mann wieder in die Luft, als das Campingmobil mit einem lauten Krachen umkippte und noch einige Meter weiter auf der Seite liegend über den Platz schlitterte.

Tom konnte nicht genau sagen, was lauter war: das Beben im Boden, das Quietschen und Scheppern des Campingmobiles, der Schrei des verängstigten

Mannes, der nun zehn Meter hoch in der Luft baumelte, oder der Ruf der gigantischen Fledermaus, zu der sich Vlarad, der Vampir, offensichtlich verwandelt hatte.

Will Vlarad die Leute alle mit dem Vergiss-mich-Pendel bearbeiten?, überlegte Tom. Oder hab nur ich das gesehen, weil ich weiß, wer oder was das war?

Tatsächlich war es sehr dunkel auf dem Platz. Nachdem überall der Strom ausgefallen war, tauchte nur noch der Mond alles in ein fahles, spärliches Licht.

Da lösten sich auch Zoracz und Dada aus den Schatten des umgekippten Campingmobils. Die Frau in Rot stützte ihn, aber er schien nicht ernsthaft verletzt zu sein. Auf jeden Fall konnte er lautstark schimpfen und fluchen. Tom war trotz allem erleichtert, dass dem Widerling nichts passiert war.

Ein komischer Gong-artiger Ton ließ ihn herumfahren. Was war das denn gewesen? Im gleichen Augenblick spürte er einen brennenden Schmerz an den Beinen und schaute verdutzt nach unten. Dort hatte sich eine staubige weiße Bandage wie eine Peitsche um seine beiden Knöchel gewickelt.

Bevor Tom wusste, wie ihm geschah, straffte sich der Verband, riss ihm die Füße unter dem Körper weg und ließ ihn flach auf den Boden aufschlagen. Schon wurde Tom ein paar Meter rückwärts über das Pflaster gezogen, und er spürte schmerzhaft die Unebenheiten der alten Kopfsteine in den Rippen.

Tom hob den Kopf und zuckte zusammen: Ein großes, rundes metallisches Objekt ratterte so knapp vor ihm vorbei, dass er den Luftzug im Gesicht spürte. Mit einem ohrenbetäubenden Dröhnen schlug das Ding viele Meter weiter in einen dicken Baumstamm ein, und erst jetzt erkannte Tom, dass es das riesige Zifferblatt der Kirchturmuhr war. Es hatte sich bei dem letzten Beben gelockert und war herabgefallen.

Der Gong-artige Ton war wohl der Aufprall der großen eisernen Scheibe auf dem Boden gewesen. Sie war über den Boden gerollt und hätte aus Tom vermutlich mühelos zwei halbe Jungen gemacht, wenn ihn Hop-Tep mit seinem Bandagenlasso nicht aus der Gefahrenzone gerissen hätte. Tom sah gerade noch, wie die Mumie ihren Verband wieder unter den Zirkuswagen zog.

Danke, Hop-Tep!, telepathierte er ihm zu, und der Pharao antwortete: *Allzeit und gerne. Sieh dich vor, mein Freund.*

Das Beben war spürbar weniger geworden, aber es war immer noch da. Anstatt großer Schockwellen war es nun eine Art durchgehendes Zittern, das sich anfühlte, als würde man auf einem dieser seltsamen Po-weg-Trainer aus der Fernsehwerbung stehen.

Doch gerade als Tom dachte, dass das Schlimmste überstanden war, hörte er abermals einen lauten Krach, und dann einen spitzen Schrei: Der große alte Baum mit dem Zifferblatt im Stamm war auf die Tombolabude gekippt, und von der Frau im Inneren war unter den großen Ästen nichts mehr zu sehen.

Noch schien die Konstruktion zu halten, aber es knackte laut, und die andauernde Erschütterung lockerte das Erdreich um die Wurzeln immer mehr auf.

Deutlich hörte Tom die hohen Hilfeschreie der Frau über dem grollenden Beben. Er rannte sofort los und schickte gleichzeitig einen telepathischen Hilferuf zu den anderen: *Ich brauch Unterstützung! Dicker Baum auf der Tombolabude! Jetzt!*

Es war verdammt schwierig, auf dem zitternden Boden zu rennen, und das Gefühl erinnerte Tom an die Wackelbrücke auf dem Spielplatz im Stadtpark. Ein paarmal musste er sich im Laufen fangen, um nicht hinzufallen, doch dann hatte er die Bude erreicht. Tom kniete sich hin und rief durch die Lücken der Balken hindurch: »Hallo? Wo sind Sie? Wie geht es Ihnen?«

»Ich bin unverletzt, aber, um Gottes willen, holt mich hier raus!«, schrie die Frau aufgeregt zurück.

»Wir sind dran! Kriechen Sie bitte unter die Theke, wenn Sie können! Alles, was stabiler ist als das Dach, ist erst mal gut, okay?« Ein weiteres lautes Knacken ließ Tom zusammenfahren, als der schwere Baum sich weiter in das Dach der kleinen Bude senkte. Im Inneren regnete es Plüschfiguren und billigen Plastikkram. Die Frau schrie auf, tat aber offensichtlich, was Tom gesagt hatte, und kroch unter die Theke.

Da bäumte sich das Beben noch einmal auf und schickte einen letzten, großen Schock über den Platz. Überall waren erschrockene Schreie zu hören, schräg gegenüber brach das Vordach einer Würstchenbude zusammen, zwei Wohnwagen waren von ihren Bremsklötzen gerollt und holperten quer über den Platz, bis sie mit Zoracz' Camper zusammenstießen und sich gegenseitig blockierten. Tom hörte, wie hinter ihm ein weiterer Schwall Dachschindeln zerplatzte, er selbst verlor die Balance und fiel hart auf den Rücken.

Wie in Zeitlupe schien sich der große Baum weiter in die Bude zu graben, während er mit den Wurzeln Steine und Erde aus dem Boden riss.

»Nein!«, rief Tom, sprang auf und griff in seiner Verzweiflung mit beiden Händen einen dicken Ast, der sich direkt vor ihm abgesenkt hatte. Mit aller Kraft drückte er dagegen und versuchte, den langsamen Fall des Baumriesen irgendwie aufzuhalten.

Natürlich wusste Tom, dass er eigentlich überhaupt keine Chance hatte, einen Baum dieser Größe am

Umfallen zu hindern, aber lieber tat er etwas vollkommen Sinnloses, als tatenlos zuzusehen, verd…

Was war das? Zu Toms totaler Überraschung bewegte sich der Baum tatsächlich – in die richtige Richtung! Tom drückte so fest er konnte, und gleichzeitig überkam ihn ein unglaubliches Glücksgefühl.

Ich bin stark, rief er innerlich begeistert. Ich bin plötzlich megasuperstark! Wuhuuu!

Er gab dem Baum einen letzten Stoß, und der landete mit einem mächtigen RUMMS wieder in dem Erdloch, aus dem er gekippt war. Tom hatte das Gefühl, ihm würde vor Stolz gleich der Brustkorb platzen. Übermütig griff er an die verklemmte Holztür der Bude, um sie mit einem einzigen Ruck aus den Angeln zu reißen – die bewegte sich allerdings keinen Zentimeter.

Verwundert starrte Tom auf seine Finger, die nun einfach an den Holzbohlen abglitten, ohne irgendwelche Anzeichen der Superkräfte, die er doch gerade noch gehabt hatte!

Er sah sich verwirrt um und entdeckte die Antwort im Halbschatten hinter dem wieder aufgerichteten Baum. Die Antwort machte leise »Gmmmhhh«.

Dann zog sich Wombie, der Zombie, zurück ins Dunkel und tappte gemächlich zurück zur Geisterbahn, bevor ihn irgendjemand entdecken konnte.

Kapitel 15: Nachbeben der anderen Art

Tom stand einen Moment lang da und starrte dem Zombie hinterher, der ganz offensichtlich seinen Hilferuf gehört und dann den Baum wieder in sein Loch zurückgeschmettert hatte.

Also keine Superkräfte, dachte er und musste dann ein bisschen über sich selbst lachen – natürlich nur ganz leise. Immerhin hatte er Freunde mit Superkräften, und das war auf jeden Fall auch eine ganze Menge wert.

Da tauchte hinter der Theke das runde Gesicht der Losbudenbesitzerin auf. Sie sah zuerst nach oben in das Loch, das der Baum in ihrem Dach hinterlassen hatte, und schaute dann zu Tom. »Wie hast du … Wo ist denn …«

»Äh … Das Beben …«, stammelte Tom. »Also, das kam plötzlich … von der anderen Seite und hat den Baum wieder zurück in sein Loch … gebebt.«

Die Frau sah Tom etwas zu lange an. Der zuckte mit den Achseln. »Ist doch egal, oder? Hauptsache, Ihnen ist nix passiert.«

Die Frau nickte langsam. Dann trat sie zur Tür. Tom kam ihr zu Hilfe, und gemeinsam schafften sie es, das Türblatt freizurütteln, bis es sich öffnen ließ. Mit einem Seufzer trat die Frau nach draußen und lehnte sich schwer atmend gegen ihre Bude.

»Also dann«, sagte er, weil ihm nichts anderes einfiel, und deutete etwas lahm zur Kirche hinüber. »Ich schau mal, wie es den anderen geht. Bis bald. Vielleicht«, sagte er und lief dann los, bevor die Frau noch mehr unangenehme Fragen stellen konnte, auf die er keine Antwort hatte.

Na ja, eine Antwort hätte ich schon, dachte Tom, aber die behalt ich lieber für mich. Besser, sie hält mich für ein bisschen wunderlich als für total bekloppt.

»Ist bei euch alles in Ordnung?«, fragte er laut, als er an der Kirche ankam.

Der alte Fröhning nickte ihm zu. »Soweit ja. Ein paar kleine Verletzungen, aber nichts Schlimmes.«

Barthelmann trat hinzu. Er sah allerdings ziemlich mitgenommen aus. Sein vorhin noch strahlend gelbes Star-Trek-Shirt war bedeckt mit Schmutz und Staub, und ein Ärmel hing in Fetzen herunter. Tom bemerkte, dass der Veranstalter am Arm und an der Stirn ein paar ziemlich fiese Schrammen hatte. Barthelmann wirkte gleichzeitig kämpferisch und besorgt, und sein Outfit ließ ihn aussehen wie einen abgekämpften, glatzköpfigen Captain Kirk mit Bauchansatz.

»Ihr hattet recht«, schnaufte er. »Hier darf kein Jahrmarkt stattfinden. Alle müssen ihr Zeug packen und abhauen. Sofort. Ich schicke sofort eine Mail raus an alle Lokalzeitungen und Radiostationen, dass der Markt abgeblasen ist. Und wir brauchen Absperrungen auf allen Zufahrtstraßen und rund um den Platz.«

»So was macht die Polizei, oder?« fragte Tom, der mit so etwas nun wirklich gar keine Erfahrung hatte. »Soll ich die anrufen?«

»Nicht nötig«, fiel ihnen Welf ins Wort.

Nahezu gleichzeitig signalisierte ein nahendes Lalülala, dass er recht hatte.

Die Polizei!, rief Tom telepathisch an alle. *Versteckt euch in der Geisterbahn und nehmt Haltung an!*

Schon passiert, antwortete ihm Mimi prompt. *Nur Vlarad ist noch nicht da. Er wollte noch während des Bebens zurückkehren, hat es aber wohl nicht mehr ganz geschafft.*

Verdammt, dachte Tom zu allen hinüber. *Und jetzt?*

Jetssssst harre ichhh hier obenn aussss, bisss die Suuurückverwandlung abegessssslosssennn issst, zischelte es da in Toms Kopf, und er zuckte erschrocken zusammen.

»Vlarad?«, rief Tom aus Versehen laut, und Barthelmann sah ihn fragend an. »Nein, einfach nur Frank«, sagte er dann und hielt Tom die Hand hin. Verdutzt nahm der das Angebot an. »Tom. Und das ist mein Onkel Welf.«

Barthelmann streckte Welf die Hand entgegen. »Danke für die Hilfe, Welf.«

»Gerne, Frank«, antwortete der und ergriff die Hand des Veranstalters. Dieser verzog vor Schmerzen das Gesicht, und Welf ließ sofort los. Er hatte wohl viel zu fest zugedrückt.

Verwundert registrierte Tom, dass sein Onkel sich nicht entschuldigte, sondern stattdessen die Zähne fletschte, als würde er Frank Barthelmann am liebsten in die Schulter beißen. Doch sofort hatte sich Welf wieder im Griff, und Barthelmann hatte wohl nichts davon bemerkt.

»Wir … gehen mal rüber in unserer Geisterbahn nach dem Rechten schauen, ähm, Frank«, sagte Tom schnell und zog Welf am Arm mit sich.

»Was war das denn?«, zischte Tom, und Welf grollte missmutig zurück: »Na, was wohl, morgen ist Vollmond, und ich bin ein Werwolf.«

»Das heißt, das wird jetzt immer schlimmer?«

»Kommt drauf an«, antwortete Welf. »Je sonniger der Tag, desto weniger. Je dunkler, desto Wolf.«

»Und nachts geht's dann richtig ab?«

»Kann man so sagen. Wir müssen unbedingt überprüfen, ob mein Käfig im Zirkuswagen in Ordnung ist.«

»Okay, machen wir. Aber was ist mit Vlarad? Wo ist er?«, fragte Tom und drehte sich noch einmal um.

Hinter ihnen stiegen gerade die ersten Polizeibeamten aus ihren Wagen, in der Ferne waren die Sirenen von Feuerwehr und Notarzt zu hören. In der heutigen Zeit blieb ein Erdbeben natürlich nicht lange unbemerkt – noch dazu mitten im Saarland! Bald würden auch Fernsehen, Radio und natürlich das Internet voll damit sein.

»Vlarad hat ein Problem«, erklärte Welf. »Er hat in Fledermausgestalt einige Leute gerettet. Aber als das Beben aufgehört hat und die Menschen wieder aufmerksamer waren, konnte er nicht einfach so quer über den Platz zurück in die Geisterbahn flattern. Er sitzt jetzt im Gebälk der abgedeckten Kirche und wartet, bis die Luft rein ist.«

Sie hatten die Geisterbahn erreicht und betraten das schützende Dunkel. Welf schloss das Tor hinter ihnen, mit dem sie verhinderten, dass sich irgendwer nachts hier hinein verlief. Nachdem sich schon ganz zu Anfang einige Paare auf der verzweifelten Suche nach einem ungestörten Plätzchen ausgerechnet die *Schreckensfahrt* für ihre Knutschrunden ausgesucht hatten und auch immer wieder Betrunkene ihren Rausch in Vlarads Sarg ausschlafen wollten, hatte Großonkel Heinrich damals dieses Tor installiert. Ein ähnliches fand sich auch bei der Ausfahrt gegenüber und natürlich auch im ersten Stock auf der Balustrade.

»Aber sag mal, Welf«, überlegte Tom. »Den Vlarad haben doch jetzt bestimmt einige Leute gesehen, oder? Der Typ, den er vor dem schleudernden Campingmobil gerettet hat, zum Beispiel – der muss doch gemerkt haben, dass ihn ein Fledermausmann in die Höhe gerupft hat.«

»Wir dachten anfangs immer, dass die Menschen von uns auf gar keinen Fall auch nur die klitzekleinste Winzigkeit mitbekommen dürfen«, antwortete stattdessen Mimi auf Toms Frage. »Aber irgendwann haben wir bemerkt, dass die Leute sich lieber die irrsinnigsten Dinge als Erklärung ausdenken, als dass sie plötzlich an die Existenz von Geistern oder Monstern glauben.«

Tom nickte. Das konnte er sehr gut verstehen. Er selbst hätte sich so eine Rettungsaktion wohl auch irgendwie anders erklärt als mit einer mannshohen Fledermaus. Tom erinnerte sich noch sehr gut daran, wie lange er gebraucht hatte, um vollständig zu akzeptieren, was er da für ganz besondere Freunde um sich hatte. Ehrlich gesagt fiel es ihm manchmal immer noch schwer, das alles zu glauben.

»Ihr meint, jeder, der von euch was mitbekommt, wird sich einfach eine logische Erklärung suchen, in der keine Untoten vorkommen?«, fragte er in die Runde.

Alle außer Wombie nickten.

»Und wenn dann doch mal jemand mit irgendwelchen verrückten Geschichten über Geister oder Monster daherkommt, dann rückt eben unser Vlarad mit seinem Pendel aus, und am nächsten Tag ist alles vergessen«, kicherte Mimi.

»Hört sich ja ziemlich simpel an«, entgegnete Tom, und alle hörten deutlich, wie wenig überzeugt er war. »Heute waren da draußen fünfzig oder mehr Menschen …«

»Dann muss Vlarad eben fünfzig oder mehr Mal pendeln«, unterbrach ihn Welf. »Wir haben jetzt andere Probleme.«

»Ja!«, rief Tom. »Zum Beispiel, dass genau dieser Herr Chefpendler oben in der Kirche kauert, und zwar in Gestalt von *Batman deluxe!* Was machen wir denn, wenn da oben gleich die Feuerwehr nach dem Rechten sieht?«

»Das, was wir immer machen«, antwortete Mimi. »Wir improvisieren.«

Das PATSCH von Toms Hand auf seiner Stirn hallte laut durch die Geisterbahn.

Kapitel 16:
Ein Vampir auf dem Dach

Ich wiederhole das jetzt noch einmal, und ihr sagt mir, wenn ich falsch liege«, begann Tom und schnürte dabei das Bündel mit Vlarads Kleidung mit einem Lederband zusammen. »Vlarad, hörst du mit zu? Ich bin noch nicht so gut drin, das gleichzeitig auch mit dem Gehirn-Telefon zu senden.«

Ichhh höre dichhh, zischte die Stimme des wohl immer noch fledermausförmigen Vampirs in Toms Kopf.

»Okay, also: Vlarad verwandelt sich gerade zurück und wird in etwa zwanzig Minuten wieder aussehen wie ein Mensch. Blöderweise wie ein splitterfasernackter Mensch, weswegen er seine Klamotten braucht, die er vor der Verwandlung ausgezogen hat. Jetzt ist da draußen aber die Hölle los, alles ist voll mit Polizei …« Tom wagte einen Blick zwischen den Vorhängen hindurch. »Und da ist auch schon die Feuerwehr, und

zwei Krankenwagen sind auch da. Wir müssen uns beeilen! Mimi kann zwar fliegen, aber nix tragen, Hop-Tep und Wombie sind zu auffällig, also bleiben mal wieder Welf und ich übrig …«

»Bin nicht zuverlässig, ich spüre den Vollmond in den Knochen«, knurrte Welf.

»Aber wie soll ich das alleine …«, stammelte Tom los, als ihn der Werwolf unterbrach: »Ich bin *gefährlich*, Tom. Eben hätt ich unserem neuen Freund Frank fast die Schulter perforiert! Wenn die Sonne aufgeht, ist das wieder halbwegs kontrollierbar, aber jetzt gerade …«

Tom bemerkte erst jetzt, dass sich Schweißperlen auf Welfs Stirn gebildet hatten. Anscheinend kostete es ihn eine Menge Kraft, sich zusammenzureißen.

»Willst du lieber ins Spielzimmer?«, begann Tom und deutete mit dem Daumen hinüber zu dem Käfig hinter der doppelten Wand.

»Ich will nicht«, murrte Welf, doch dann nickte er. »Aber ich muss wohl.«

Verdammt, dann bin ich alleine, dachte Tom bei sich, öffnete dann aber mit einem Gedankenbefehl den Käfig. Lautlos glitt die Wand auseinander, und die Gitterstäbe fuhren zurück. Welf zögerte keine Sekunde und trat in das Halbdunkel des magischen Gefängnisses.

»Mach schon, bevor ich's mir anders überlege.«

Tom seufzte. »Okay. Dann bis später.«

Er schloss das Gitter und die Wand und wendete sich wieder den anderen zu. »Also muss ich jetzt allein mit dem Bündel Klamotten irgendwie auf das Dach von der Kirche.«

»Sieh's mal so«, sprach Mimi und lächelte ihn an. »Jetzt gerade bist du der Einzige von uns mit Superkräften. Wir alle sind leider völlig machtlos.«

Tom sah von Mimi zu Hop-Tep und hinüber zu Wombie. Die Mumie nickte huldvoll, und der Zombie machte zunächst gar nichts und blickte wie immer knapp an Tom vorbei, als würde er ihn gar nicht wahrnehmen. Doch dann winkte Tom plötzlich Wombies Kuschelhase Odor zu. Mimi kicherte, als sie beide bemerkten, dass der Zombie die Bewegung seines Stofftiers heimlich mit dem Daumen ausgelöst hatte.

Tom lächelte, und Mimi klatschte lautlos in die Hände. »Bravo, Wombie! Das sah toll aus!«

»Na gut. Dann leg ich mal los«, sagte Tom. »Bitte bleibt mit mir in Kontakt.«

»Machen wir«, antwortete Mimi, und Tom entging nicht, dass sie ihn mit einem ganz komischen Blick ansah. Irgendwie … nett und … na ja, nicht bewundernd. Aber schon … also … Hm.

Wir können dich hören, erklang da Hop-Teps samtene

Stimme in seinem Kopf, und Tom lief sofort rot an. Er vermied einen letzten Blick zu Mimi und riss die Tür auf.

»Ichmusslostschau«, rief er dann und hastete schnell nach draußen, in der Hoffnung, dass sich seine Birne in der Nachtluft schnell abkühlte.

Peinlichpeinlichpeinlich, hämmerte es hinter seiner Stirn, als er über den Platz lief. Vor ihm blinkten die Lichter der verschiedenen Einsatzwagen, eben war auch ein Transporter mit der Aufschrift *THW* angekommen, dem mehrere Leute mit irgendwelchem Equipment entstiegen, das Tom nicht direkt einordnen konnte.

Das Technische Hilfswerk, klar, dachte Tom. Macht Sinn bei einem Erdbeben.

Er hatte diese Leute noch nie live im Einsatz gesehen, wusste aber natürlich, dass es sie gab.

In dem geschäftigen Gewusel bemerkte ihn niemand, es gab mehr als genug zu tun. Die Notärzte kümmerten sich um die Verletzten, die Feuerwehr war mit den umgestürzten Autos und den ramponierten Buden vollauf beschäftigt, und mehrere Leute vom Marktpersonal hatten sich zusammengetan, um die weit verstreuten Scherben des Spiegelkabinetts zusammenzukehren.

Irgendwo weiter hinten glaubte Tom, die wütende

Stimme von Zoracz zu erkennen, aber er hatte keine Zeit, sich jetzt auch noch um den zu kümmern.

Bislang war wohl noch niemand auf die Idee gekommen, der Kirche aufs Dach zu steigen. Tom blickte nach oben. Die Hälfte der Dachschindeln fehlte, und er konnte das dunkle, uralte Gebälk nur als Schatten erahnen, der sich gegen den etwas helleren Nachthimmel abhob.

Wie komm ich da rauf, verdammt, überlegte Tom. *Vlarad, hast du vielleicht eine Idee?*

Nichts Konkretes, Junge, antwortete der Vampir ebenso telepathisch, und Tom bemerkte, dass er nun schon deutlich menschlicher klang als noch vor ein paar Minuten.

Versuche dir Zutritt zur Kirche zu verschaffen und such nach einer Treppe.

Auf die Idee war Tom auch schon gekommen, und darum lief er im Schatten der Mauer um das Gebäude herum, in der Hoffnung, dass vielleicht eine Türe offenstand. Dem war auch so, aber leider war das schwere Holztor ebenso wie der gesamte Platz auf der Freitreppe davor voll mit Menschen.

Vorsichtig zog sich Tom wieder zurück in den Schutz der Dunkelheit.

Ich kann nicht zur Tür rein, Vlarad!, dachte er hinauf aufs Dach. *Ich find einen anderen Weg.*

Tom machte ein paar Schritte zurück, um sich umzusehen, und als sein Blick auf die Lösung fiel, rutschte ihm das Herz in den Schuh.

Oh verdammt, dachte er nur.

Was denn? Ist was passiert?, meldet sich Mimi sofort, und auch Hop-Tep und Vlarad fragten sofort telepathisch nach.

Na ja, antwortete Tom, *ich hab eine Idee, wie ich vielleicht ungesehen in die Kirche komme, sogar direkt bis in das Obergeschoss. Aber ich freu mich nicht so arg drüber …*

Kapitel 17:
Eine Frage der Balance

Auf der Rückseite der Kirche, wo weder das Licht der aufgestellten Scheinwerfer noch das der Einsatzfahrzeuge hinfiel, war eine Straßenlaterne gegen die Mauer gekippt und lehnte nun schräg daran. Das Lampengehäuse hatte ein Fenster im oberen Stockwerk durchschlagen und sich so an der Brüstung eingehakt.

Tom trat unter den Stahlmast und hängte sich mit beiden Händen daran. Das Ding bewegte sich keinen Millimeter. Es war davon auszugehen, dass der Mast bleiben würde, wo er war. Außerdem sah die Lampenstange stabil genug aus, um ihn zu tragen.

»Na dann …«, flüsterte Tom sich selbst zu, ging an dem Mast entlang bis zu der Stelle, wo er im Boden steckte, und setzte prüfend einen ersten Schritt darauf. Bevor er sich überwand, auch den anderen Fuß daraufzusetzen und loszubalancieren, schaute er noch mal an dem Mast entlang bis nach oben. Von hier sah es dann doch ziemlich verdammt hoch aus …

Eigentlich hatte Tom nun damit gerechnet, dass er ganz schön damit zu tun haben würde, seine Angst zu überwinden. Doch stattdessen geschah etwas ganz anderes mit ihm: Tom spürte zum ersten Mal etwas, das er so vorher noch nie wahrgenommen hatte. Eine komische Art von Vorfreude auf das Abenteuer, das ihn nun erwartete!

Ja, er hatte richtig Lust darauf, sich selbst zu beweisen, dass er das schaffen konnte. Er war schon als kleiner Junge so gut darin gewesen, auf Randsteinen oder auf dem niedrigen Zaun in der Parkanlage zu balancieren, und dieser Mast war doch mindestens doppelt so dick.

Entschlossen stieg Tom nun auch mit dem zweiten Fuß auf den Mast, geriet sofort ins Wanken, ruderte mit den Armen und hopste ziemlich unelegant wieder runter. Das doofe Bündel mit Vlarads Klamotten, welches er in der rechten Hand an dem Gürtel gehalten hatte, war hin- und hergebaumelt und hatte ihn aus der Balance gebracht.

Tom drehte den Gürtel um sein Handgelenk, sodass das Bündel nicht mehr schaukelte und er es direkt packen konnte. Dann stieg er wieder hinauf. Dabei nutzte er Vlarads Kleider als Gegengewicht, um sich zu stabilisieren. Das klappte erstaunlich gut, und bevor er sich's versah, war er bereits zwei Meter auf dem Mast hinaufgelaufen. Noch war er nicht besonders hoch und hätte problemlos hinunterspringen können.

Also los, dachte Tom und setzte konzentriert einen Fuß vor den anderen. Erst nach zehn weiteren Schritten wagte er wieder einen Blick nach unten und erschrak so sehr, dass er sofort ins Wanken geriet: Er war jetzt echt sauhoch oben, verdammt!

»Woah!«, rief Tom unterdrückt und ruderte mit beiden Armen, um sich zu stabilisieren.

Gerade hatte er sich wieder halbwegs gefangen, als plötzlich etwas direkt vor ihm grünlich schimmerte. Tom zuckte zusammen, sein linker Fuß rutschte ab, er schlug auf dem Mast auf und hatte noch die Geistesgegenwart, sich mit Armen und Beinen an dem Ding festzuklammern.

»Mimi, spinnst du?«, stieß er hervor und versuchte erst einmal, sein Herz wieder dazu zu bringen, etwas weniger laut zu schlagen.

»Tut mir leid, tut mir so leid, Tom!«, antwortete das Geistermädchen schuldbewusst. »Aber das, was wir telepathisch von dir empfangen haben, fühlte sich gar nicht gut an, und wir haben uns ganz furchtbare Sorgen gemacht.«

»Bis eben war's noch ganz okay, jetzt mach ich mir allerdings auch Sorgen, verdammt!«, blaffte Tom bissiger zurück, als er eigentlich gewollt hatte. Denn gleichzeitig rührte ihn die Sorge der anderen mehr, als er zugeben wollte.

»Ist schon okay, aber bitte moderiere dich doch beim nächsten Mal an, ja?«, sagte er und begann dann vorsichtig damit, sich auf dem Mast wieder aufzurichten.

Mimi sagte kein Wort und sah ihm zu, bis er wieder aufrecht stand und die Arme ausgebreitet hatte.

»Boah, du machst das echt so verdammt gut!«, staunte Mimi.

»Danke«, antwortete Tom mit zusammengebissenen Zähnen. »Bitte schau doch mal, wie weit ich noch hab.«

Mimi schwebte ein Stück voraus und kam dann wieder zurück. »Es sind nur noch drei Meter bis oben, das schaffst du!«

»Bleibt mir nix anderes übrig«, murmelte Tom mehr zu sich selbst, gab sich einen Ruck und ging vorsichtig weiter.

Mimi achtete darauf, Tom nicht wieder zu erschrecken, und wahrte die ganze Zeit über respektvollen Abstand.

Doch als er nur noch etwas mehr als einen Meter

zu überwinden hatte, kam sie plötzlich aufgeregt angeflattert. »Tom! Ich will dich echt nicht stressen, aber … Oh Mann, du musst dich beeilen, da kommen Leute. Schnell!«

Tom hatte überhaupt nicht damit gerechnet, jetzt auch noch in Hektik zu geraten, und schon kam er wieder gehörig ins Wanken. Immer mehr und mehr schwang er seine Arme rauf, runter, hin und her, und sein Oberkörper verrenkte sich dazu in den seltsamsten Posen, um nur wieder die Balance wiederzufinden!

Da hörte er die Stimme des Vampirs in seinem Kopf, die ihm ganz ruhig eine Frage stellte: *Wie groß bist du, Tom?*

Ich, ich kann jetzt nicht, bitte … Woah!

Tom, wie groß bist du.

Einssechzig, verdammt, Vlarad, ich … ich … shitshitshit …

Wie weit ist es noch bis zum Fenster, Tom?

Ich weiß nicht… wah, wuuhu, vielleicht einsfünfziggg … ich falle, Vlarad! ICH FALL GLEICH!

Tom. FALL NACH VORN.

Tom fiel. Nach vorn … streckte die Arme aus … bekam die Fensterbank zu fassen … zog sich heran …

… und war im Fenster verschwunden, als unten eine Gruppe Feuerwehrleute um die Ecke bog, um nach Verletzten zu suchen.

Der Kegel einer starken Taschenlampe schien kurz durch das Fenster ins Gebälk über Tom. Stimmen drangen zu ihm nach oben, dann hörte er, wie sie immer leiser wurden.

»Sie sind weg«, wisperte Mimi schließlich neben ihm, und Tom atmete zum ersten Mal seit einer gefühlten Ewigkeit tiefer durch als bis knapp unter den Halsansatz.

»Ich bin gleich wieder einsatzbereit, Mimi. Gib mir noch ein paar Sekunden«, schnaufte er. »Bitte schau doch schon mal nach, ob es von hier irgendwo rauf aufs Dach geht.«

Mimi sauste los, und Tom sah sich um. Er kauerte auf einer Art Mansarde, von der aus man hinunter in das Kirchenschiff sehen konnte. Dort war das Technische Hilfswerk wohl gerade dabei, eine Art Basislager oder so was Ähnliches einzurichten. Tom erkannte Wasserkanister, Kabelrollen, stabile Kisten mit großen Schnallen aus Metall und ein paar Dinger, bei denen es sich vermutlich um aufklappbare Feldbetten handelte.

Endlich ging sein Atem nicht mehr in hektischen Stößen, und Tom erinnerte sich etwas klarer an die letzten dramatischen Minuten.

Das war super, Vlarad! Danke, schickte er dann telepathisch zu dem Vampir hinauf. *Aber woher wusstest du, dass ich größer bin, als der restliche Weg lang war?*

Das wusste ich nicht, Tom. Ich wollte nur, dass du dich auf irgendetwas anderes konzentrierst als die Angst, zu fallen. Und das war das Erste, was mir in den Sinn kam, antwortete Vlarad, und Tom war mal wieder ziemlich baff.

Ach so, ich dachte … na ja, dass du wusstest … dass … Hm, stammelte er nach oben und zuckte dann telepathisch mit den Achseln. *Auf jeden Fall hat's funktioniert. Danke.*

Gerne, sagte der Vampir.

Mimi unterbrach die stockende Unterhaltung aufgeregt: »Da drüben auf der anderen Seite der Balustrade ist eine Tür, und da geht's nach oben, Tom! Komm mit!«

Sie schwebte voraus, und Tom folgte ihr geduckt. Sie umrundeten die Querseite des Kirchenschiffs und gelangten ungesehen auf die gegenüberliegende Seite.

»Hier. Direkt vor dir«, wisperte Mimi, und Tom streckte den Arm aus. Tatsächlich berührte er eine wuchtige schmiedeeiserne Türklinke.

»Super, Mimi!«, flüsterte er zurück und drückte die alte Klinke vorsichtig herunter. Sofort wünschte er sich, er hätte sie einfach ganz schnell heruntergedrückt, als das lang gezogene, schrille Quietschen des antiken Mechanismus quer durch das alte Gemäuer hallte.

»Wer ist da? Hallo?«, drang eine weibliche Stimme

von unten herauf, und Tom wagte nicht, sich zu bewegen.

Eine männliche Stimme rief aus der anderen Ecke der Kirche: »Claudia, warst du das?«

»Nein, ich war's nicht, ich glaub, das kam von oben.«

»Ach so, da oben ist nix, das sind wir vorhin schon abgelaufen«, folgte die Antwort. »Keine Verletzten und nichts, was irgendwie locker aussieht. Vielleicht ein Fensterladen oder eine Tür.«

Den Rest hörte Tom nicht mehr, denn er hatte die Unterhaltung der beiden THW-Mitarbeiter genutzt und war durch die Tür geschlüpft. Er zückte sein Smartphone, schaltete das Fotolicht ein und sah sich um: Steile steinerne Stufen führten in einer engen Schlaufe nach oben.

Leise schlich Tom die schmale Treppe hinauf und ignorierte die Spinnweben in seinem Gesicht. Mimi war bereits vorausgeschwebt und wartete am Ende der Stufen. Der Gang endete abrupt vor einer hölzernen Leiter, und direkt darüber erkannte Tom eine Klappe in der Decke.

»Du hast es geschafft, Tom!«, jubelte Mimi. »Gratuliere!«

»Danke dir«, antwortete Tom stolz. »Und danke für die Hilfe.«

Dann kletterte er die paar Sprossen nach oben, griff

an den rostigen Riegel und drückte. Nichts. Tom überlegte kurz, dann zog er. Auch nichts.

Vielleicht drehen … oder ziehen und drehen … Schieben und anders rum drehen … Genervt daran rumreißen oder … Nichts half. Der Riegel blieb, wo er war.

Vlarad?, fragte Tom. *Siehst du da oben eine Klappe?*

Direkt vor mir, kam die Antwort. *Kannst du sie nicht öffnen?*

Nein, leider nicht. Ich glaub, der Riegel ist festgerostet.

Nun gut, dann entferne dich bitte ein Stück weit, antwortete der Vampir.

Tom kannte seine untoten Freunde gut genug, um dieser Anweisung umgehend Folge zu leisten. Kaum war er von den Sprossen gesprungen und hatte sich zur Seite geduckt, krachte es über ihm, und es regnete Holz.

Tom sah nach oben und erkannte den schmalen Umriss von Vlarad in der Öffnung.

»Ha!«, entfuhr es ihm, so stolz war er, es tatsächlich geschafft zu haben. Er griff mit der einen Hand an die Sprossen und reichte dem Vampir mit der anderen das Kleiderbündel nach oben.

»Wisst ihr, was mir an der Nummer besonders gut gefällt?«, fragte er, während Vlarad auf dem Dach in seine Klamotten schlüpfte.

»Ich bin gespannt«, tönte es von oben.

»Dass ich nicht der Einzige bin, der bei diesem Abenteuer nackt herumgelaufen ist«, antwortete Tom und grinste.

Mimi lachte. Es tat gut, über diese ultrapeinliche Nummer einen Witz zu reißen.

»Wie schön, dass du dich darüber so freuen kannst«, gab der Vampir da zurück. »Der Unterschied ist allerdings, dass ich mir meiner Nacktheit *bewusst* war, während du mehrere Minuten vor uns allen hin- und her…«

»Argh, ist ja gut, ist ja gut«, stöhnte Tom und bereute es nun doch, das Thema überhaupt angeschnitten zu haben. »Bist du fertig?«

Anstatt einer Antwort glitt Vlarad lautlos durch die Öffnung und landete direkt neben ihm. Er war vollständig angezogen.

»Wow, das war schnell«, staunte Tom. »Und wieso siehst du auch noch aus, als hättest du ewig vorm Spiegel gestanden und alles millimetergenau hingerutscht?«

»Eins der vielen Talente, die uns Vampiren eigen sind, ist die Fähigkeit, immer und überall eine gute Figur machen zu können«, antwortete Vlarad. »Tatsächlich erfordert es für uns deutlich mehr Aufwand und Willensstärke, unordentlich und schmuddelig zu wirken. Solltest du also einmal an einen ungewaschenen Vampir in zerschlissenen Klamotten geraten, kannst du davon ausgehen, dass er sehr lange gebraucht hat, um sich so herzurichten.«

»Für mich war das immer ganz leicht«, murmelte Tom, und er hörte Mimi leise kichern. »Aber sag mal, was machen wir jetzt? Wie kommen wir zurück zu den anderen?«

»Nun ja, Mimi fliegt schon mal los, und wir gehen einfach hin«, antwortete Vlarad. »Komm.«

Kapitel 18:
Was nun?

Tom war die letzte halbe Stunde so sehr darauf bedacht gewesen, nicht entdeckt zu werden, dass es sich nun ganz schön seltsam anfühlte, einfach durch die Leute hindurchzumarschieren. Niemand bemerkte, dass der vierzehnjährige Junge von einem waschechten Vampir begleitet wurde. Hochgewachsene, bleiche Menschen in Gehröcken waren auf einem Jahrmarkt nichts Ungewöhnliches.

Das Einzige, was den anderen vielleicht seltsam hätte vorkommen können, war, dass der Vampir es tunlichst vermied, innerhalb der Kirche den Blick zu heben.

»Etwas zu viele Kruzifixe für meinen Geschmack«, murmelte er, und Tom erinnerte sich daran, dass Vampire in den klassischen Vampirgeschichten ja immer Fratzen schnitten und sich dramatisch an den

Brustkorb fassten, wenn man ihnen ein christliches Kreuz entgegenhielt.

Ist das echt so ein Problem für dich?, fragte Tom telepathisch. *Kann ich irgendwas helfen?*

Ein oder zwei halt ich inzwischen ganz gut aus, aber Hunderte von diesen Dingern in einem Raum, das ist mehr als unangenehm, antwortete Vlarad, und Tom spürte, dass er schwer atmete. *Es wäre hilfreich, wenn du vor mir gehen würdest und ich dir einfach folgen kann, ohne mich umzusehen.*

Tom beschleunigte sofort seinen Schritt und lief nun direkt vor Vlarad, bis sie die Kirche verlassen hatten. Kaum waren sie wieder auf dem Platz, entspannte sich der Vampir, straffte sich und zog die Weste unter seinem Gehrock zurecht.

»Vielen Dank. Schon besser«, sprach er und nahm wieder seine typische aufrechte Aristokratenhaltung ein.

»Es scheint, als wären jede Menge Sachschäden entstanden«, ließ er sich dann vernehmen, als sie den Platz überquerten. »Aber erfreulicherweise gab es wohl kaum ernsthafte Verletzungen.«

»Woher weißt du das?«, fragte Tom und runzelte die Stirn.

»Bislang hat keiner der Krankenwagen den Platz verlassen, um einen Notfall ins Krankenhaus zu bringen.

Alle sind noch hier, und die Menschen werden an Ort und Stelle verarztet.«

»Stimmt!«, antwortete Tom. »Und das haben die Leute zu einem ganz großen Teil euch zu verdanken. Es ist so schade, dass das niemand erfahren darf.«

»Eine gute Tat wird nicht besser dadurch, dass viele davon wissen«, entgegnete der Vampir. »Sie wird nur lauter.«

Tom nickte. Den Satz würde er sich merken.

Als sie im Zirkuswagen ankamen, war Mimi natürlich schon längst da. Hop-Tep begrüßte Vlarad mit einer überraschend herzlichen Umarmung, und Wombie machte »Gmmhhh«.

»Ihr habt Welf schon heute ins Spielzimmer geschickt?«, fragte der Vampir. »Schickt der morgige Vollmond etwa so viel Energie voraus?«

»Welf hat sich sozusagen selbst eingewiesen«, erklärte Tom. »Vorhin hätte er fast den Veranstalter gebissen, als der sich bei uns total nett bedankt hat. Passte irgendwie nicht so richtig zusammen.«

»Ich verstehe.« Der Vampir legte Tom seine Hand auf die Schulter. »Lass dich davon nicht zu sehr verwirren, Junge. Weißt du, je näher die Verwandlung rückt, desto weniger kann Welf mit Gefühlen umgehen. Ist er dann ganz Wolf, legt sich das recht schnell.

Das Gleiche passiert, sobald er sich wieder zurückverwandelt. Das sind die Zeiten, zu denen man besser ein Gitter zwischen sich und Welf positioniert. Oder bereut, es nicht getan zu haben.«

Tom nickte. »Okay, verstanden. Blöd ist jetzt natürlich, dass wir ihn so im Kampf gegen den Poltergeist verlieren. Wir können das Gespenst kaum bitten, nur im Käfig zu poltern.«

Mimi winkte ab. »Das macht in dem Fall nichts, Tom. Welfs Kraft und seine Stärke helfen uns nicht gegen einen Poltergeist. Du hast ja gesehen, dass er sogar Wombie überlegen ist.«

»Gmmhhh!!!«

»Ich meine nur von der Kraft her, nicht intellektuell!«, rief Mimi dem Zombie zu. Augenblicklich beruhigte sich der Zombie wieder und starrte ins Leere.

»Wir müssen unbedingt was tun.« Tom schlug mit der Faust in die offene Hand. »Ich geh mal davon aus, dass der Poltergeist für die Erdbeben verantwortlich ist, oder?«

Vlarad legte die Hand ans Kinn und sah nun aus, als würde er für ein Gemälde posieren, das ihn in Denkerpose zeigen sollte. »Wenn dem so ist, dann ist er der mächtigste *Pulsar fortis* aller Zeiten.«

»Oder die Erdbeben waren rein zufällig. Aber warum gerade jetzt, wo hier zum ersten Mal seit über zweihundert Jahren ein Jahrmarkt stattfinden soll?«, überlegte Tom laut. »Das wäre schon ein krasser Zufall, oder?«

»In der Tat«, antwortete Vlarad. »Aber die Antwort werden wir so nicht bekommen, scheint mir.«

Tom bemerkte, wie der Vampir zu Mimi hinübersah. Das Geistermädchen wirkte, als wüsste sie genau, was er mit diesem Blick sagen wollte. Trotzdem schwieg sie.

»Mimi? Vlarad! Was ist los?«, fragte Tom, und er spürte urplötzlich, wie sehr ihn diese Situation nervte. »Ach nee, nicht das schon wieder! Ihr wisst schon wieder was, was ich nicht weiß und nicht wissen soll? Leute, ihr wisst, wie es mich nervt, wenn ich was nicht weiß, was ich eurer Meinung nach nicht wissen soll, und am Ende weiß ich es dann doch, und ihr wisst dann, dass es besser gewesen wäre, wenn ich gewusst hätte, was ihr meint, das ich nicht hätte wissen sollen – das wisst ihr ganz genau!«

Stille trat ein, und alle sahen Tom fragend an. Vlarad wirkte, als würde er das eben Gesagte noch einmal im Kopf durchgehen. »Nicht hätte wissen sollen … Wisst ihr ganz genau … Bravo, Tom. Dein gesamter Vortrag war von vorne bis hinten in Sinn und Grammatik perfekt, Gratulation«, sprach er dann.

»Vielen Dank, bitte sag's meiner biestigen Deutschlehrerin, oder warte, sag's ihr nicht, denn es könnte sein, dass sie *dich* beißt und du dich in so ein Ding wie sie verwandelst«, entgegnete Tom.

Er hatte mit den Lehrern eigentlich immer Glück gehabt, fast alle waren entweder nett oder mindestens okay gewesen, manche sogar richtig toll. Aber Frau Amalie Rosenberg war so furchtbar, dass Tom kurz überlegte, ob man nicht versuchen sollte, sie hierherzulocken, damit sie den Poltergeist vertrieb.

»Du hast manchmal echt lustige Gedanken, Tom«, lachte Mimi, und Tom realisierte, dass er wieder ziemlich »laut« gedacht hatte.

»Warum vergesse ich immer, das ein- und auszuschalten?«, stöhnte er. »Aber jetzt lenkt nicht ab und sagt mir *bitte*, was ihr da gerade untereinander … gedingst habt.«

»Also gut«, sprach der Vampir. »Du hast recht, Junge. Bisher hat es uns nur noch mehr Probleme bereitet, wenn wir dachten, dich durch unser Schweigen zu schützen.«

Vlarad begann, im Zirkuswagen hin und her zu schreiten und erinnerte Tom so einmal mehr an Sherlock Holmes, den Meisterdetektiv.

Irgendwann schenk ich ihm so eine Pfeife und einen karierten Mantel, dachte er bei sich. Dann brauch ich nur noch einen Schnurrbart zum Ankleben für Dr. Wombie.

»Darf ich darum bitten, dass du mir nun auch zuhörst, vielen Dank«, rief ihn der Vampir zur Ordnung, und Tom setzte sofort ein ganz besonders konzentriertes Gesicht auf.

»Wir wissen, dass jeder Poltergeist an einen Ort gebunden ist. Und wenn es sich bei diesem hier wirklich um den grausamen Richter handelt, dann spricht alles dafür, dass er für immer mit seinem versunkenen Haus verbunden ist«, erklärte Vlarad.

Tom nickte stumm. Bisher klang das alles vernünftig, aber noch nicht nach einem großen Geheimnis.

Doch da deutete der Vampir mit einer ausladenden Geste zu Mimi. »Nun haben auch wir ein Gespenst in unseren Reihen, wie du weißt. Allerdings ist unsere *Emergia* hier nicht orts-, sondern schicksalsgebunden.«

»Hä?«, machte Tom ziemlich verständnislos und sah dabei auch genauso aus.

»Ich kann rumfliegen, wo ich will, aber ich kann meinem Schicksal nicht entfliehen«, erklärte Mimi ernst.

Tom hatte dazu eine ganze Wagenladung voller Fragen, erkannte aber, dass dies nicht der Moment war, um sie zu stellen.

Vlarad sprach weiter: »Wie jeder *Emergie* kann auch unser Geist hier Materie durchdringen, also zum Beispiel durch Wände oder Decken schweben. Allerdings beschränkt sich diese Fähigkeit nicht nur auf Gebäude oder Objekte *oberhalb* der Erdoberfläche …«

Vlarad machte eine Pause, und Tom verstand sofort.

»Mimi kann auch in den Boden sinken … Sie könnte …« Er sah das Geistermädchen an, und der Gedanke gefiel ihm ganz und gar nicht. »Du könntest unterirdisch nach dem versunkenen Haus suchen und mit dem Poltergeist Kontakt aufnehmen!«

Kapitel 19:
Zwei Navis für Mimi

»Bedenke, dass nicht alle Poltergeister auch sprechen können«, schärfte der Vampir Mimi ein. »Es kann sein, dass er dich versteht, aber nicht antworten kann.«

»Okay«, nickte Mimi ernst.

»Ich habe auch schon von Fällen gehört, in denen *Apparati* gar nichts von der Welt um sie herum wahrnehmen. Die Spukereien der sogenannten *Einsamen Rufer* sind nichts anderes als verzweifelte Schreie in einer trostlos leeren Dunkelheit.«

»Das klingt echt … furchtbar«, sagte Tom. »Du meinst, sie rufen über Jahrhunderte in ihrer eigenen Welt herum, weil sie alleine sind?«

»Ganz genau.«

»Boah, das ist echt krass.«

»Daran sehe ich mal wieder, was für ein Glück ich

hab«, flüsterte Mimi, und sie lächelte Tom tapfer an. Der lächelte zurück, und am liebsten hätte er das Geistermädchen jetzt in den Arm genommen. Da er dann aber nur durch sie hindurchgeglitten wäre und sich somit höchstens selbst umarmt hätte, ließ er es bleiben.

»Ich glaub aber nicht, dass es sich bei diesem Poltergeist um so einen *Einsamen Rufer* handelt«, überlegte Tom. »Er hat Hop-Tep gepackt und rumgeworfen, und er hat mich mit einem Faustschlag getroffen. Das geht nur, wenn er uns wahrnimmt.«

»Du hast recht, Junge«, bestätigte Vlarad. »Vieles spricht dafür, dass Mimi mit ihm Kontakt aufnehmen kann.«

Er wandte sich wieder an das Geistermädchen. »Du weißt, dass die telepathische Verbindung durch Wasser geschwächt wird. Je tiefer du bist und je mehr Grundwasser dich umgibt, desto weniger sind wir in der Lage mit dir zu kommunizieren.«

Mimi nickte stumm.

»Was? Das wusste ich ja gar nicht!«, rief Tom erschrocken aus. »Wasser ist ein Problem?«

»Bis heute kippen manche Bauern in den sogenannten Raunächten Wasser über die Türschwelle, damit niemand von uns das Haus betreten kann«, erläuterte der Vampir. »Selten kommt so ein Brauch von ungefähr. Dass Mimi fünf Zentimeter neben der Tür durch die Wand gehen kann, wird hierbei natürlich nicht berücksichtigt. Auch dass wir durchaus in der Lage sind, Hintertüren einzudrücken oder Scheiben einzuschlagen, wird hierbei gerne vergessen. Brauchtum folgt selten logischen Erwägungen.«

»Soll ich jetzt mal?«, unterbrach Mimi den Vortrag des Vampirs. »Oder fällt dir noch was Wichtiges ein?«

»Ganze Bücherschränke voll, aber nichts, was ich dir in der Kürze der Zeit vermitteln könnte, Liebste«, sprach der Vampir, und Mimi lachte grimmig. »Na dann ...«

Mimi war so schnell nach unten durch den Boden gesunken, dass Tom nur noch grünliche Schlieren wahrgenommen hatte.

Du hättest dich wenigstens verabschieden können, grummelte Tom dem Gespenstermädchen telepathisch hinterher.

Tut mir leid, ich bin nicht besonders gut im Verabschieden, antwortete ihm Mimi. *Außerdem bin ich ja bald wieder da ...*

Die Pause, die sie nach dem »bald wieder da« gelassen hatte, gefiel Tom ganz und gar nicht.

Kannst du uns beschreiben, was du siehst?, hörte Tom nun Vlarad in seinem Kopf, und er spürte, dass auch

Hop-Tep und auf seine Art Wombie aufmerksam verfolgten, was geschah.

Erde, Wurzeln, Würmer, das Übliche, antwortete Mimi. *Ich weiß nicht so genau, wo ich suchen soll. Mehr so nach unten, oder in irgendeine Richtung? Ups, ich glaub, ich bin gar nicht so gut im Navigieren.*

Im ersten Moment hatte keiner eine Antwort, doch da fiel Tom etwas ein. Er zückte sein Smartphone und öffnete die Karten-App. »Vlarad, wo habt ihr die alten Fördertürme gesehen?«

»Wir kamen von Nordost, also von dort«, antwortete der Vampir, und sein Gesicht erhellte sich. »Ah, ich verstehe. Wenn das Gebäude tatsächlich in einen Bergwerksschacht eingebrochen ist, sollte dieser grob in dieser Richtung liegen. Mimi, hast du gehört?«

Hab ich, antwortete das Gespenst in ihren Köpfen. *Ich bin mir nur nicht so sicher, wo Nordosten gerade ist. Ehrlich gesagt weiß ich auch nicht mehr so genau, wo oben und unten ist. Jetzt wär ich schon ganz froh, wenn die Schwerkraft bei mir auch was bewirken würde.*

Tom gefiel das alles immer weniger, aber er krempelte seinen Ärmel hoch und sah auf die leuchtend roten Punkte an seinem Arm. »Also, der Punkt in der Mitte bin ich, das ist Hop-Tep, das bist du, Vlarad … also …« Tom hielt das Smartphone neben seinen Unterarm und drehte sich langsam um die eigene Achse.

»Okay, dieser Punkt da auf meinem Arm ist Mimi, und Nordosten ist … da.« Er zoomte mit einem Tipp auf das Display weiter in die Karte. »Schau, Vlarad, hier ist das Museumsgelände Bergbau Grubweiler, das ist es, was ihr gesehen habt. Du liebe Zeit, Mimi, du bist viel zu weit im Norden, und du bist schon total weit weg!«, rief Tom und hoffte, dass er es diesmal richtig hinbekam mit dem gleichzeitig Telepathieren und Sprechen.

Oh, okay, drangen Mimis Gedanken zu ihnen hinauf. *Sorry, ich bin wirklich voll die Navi-Niete … Eher so?*

»Ja, besser, viel besser! Du warst schon über den Platz hinaus und irgendwo hinter der Kirche … So, das ist gut. Du bist wieder auf dem Gelände. Und gleich befindest du dich genau auf einer Linie von hier zu dem alten Einstieg«, rief Tom aufgeregt. »Wenn die von dort aus halbwegs geradeaus gebuddelt haben, solltest du eigentlich auf einen der Schächte tr…«

Ha! Alle spürten Mimis Erleichterung. *Ich bin echt in einem von den alten Schächten! Wuhuuu! Boah, der Gang hier ist zwar ganz schön eng, aber trotzdem viel angenehmer, als wenn man direkt im Boden steckt.*

»Das glaub ich dir«, antwortete Tom erleichtert. »So, jetzt beweg dich mal in eine Richtung, damit wir sehen, ob es immer noch die richtige ist.«

Der rote Punkt auf Toms Arm bewegte sich ziemlich schnell in einer geraden Linie zurück in Richtung der Geisterbahn.

»Also wenn man davon ausgeht, wo das Beben am heftigsten war und wo sich der Poltergeist bisher gezeigt hat, dann müsste da irgendwo was sein«, überlegte Tom laut. »Außer, es handelt sich doch nur um eine Sage und hier steckt gar kein Haus mit einem fiesen toten Richter im Boden.«

»Es würde mich wirklich wundern, wenn all die Indizien ins Leere liefen«, antwortete Vlarad.

Was immer mich durch die Luft beförderte, es war ein mächtiges Wesen, schaltete sich Hop-Tep ein. *Selbst wenn unsere schillernde Schöne auf ihrer Suche nichts zutage fördert, mag es trotzdem sein, dass sich etwas in dieser Erde verbirgt und sich ihrem Blick entzieht.*

Da bemerkte Tom, dass Mimis Punkt auf seinem Arm schwächer wurde. »Mimi? Mimi, hörst du mich?«, rief er, ebenso in echt wie telepathisch, doch das Geistermädchen antwortete nicht.

»Vlarad! Da schau, ihr Punkt verschwindet! Oh Mann, was … was tun wir jetzt?« Plötzlich prasselte das schlechte Gewissen auf Tom ein, dass er überhaupt sein Okay gegeben hatte zu diesem saublöden Plan! Ein Geistermädchen mit Orientierungsschwäche, das einem Poltergeist von dieser Größe niemals gewachsen war – was zum Teufel hatten sie sich eigentlich dabei gedacht?

»Leute, das war eine selten dämliche Idee, warum haben wir …«

Weiter kam Tom nicht, denn da tauchte Mimi direkt zwischen ihnen aus dem Boden des Zirkuswagens auf.

»Da isser!«, rief sie und war schon wieder durch die Decke verschwunden. Und bevor irgendwer darauf reagieren konnte, erhob sich an der gleichen Stelle ein blauschwarzes, geisterhaftes Ungetüm aus dem Boden …

Kapitel 20:
So viel auf einmal

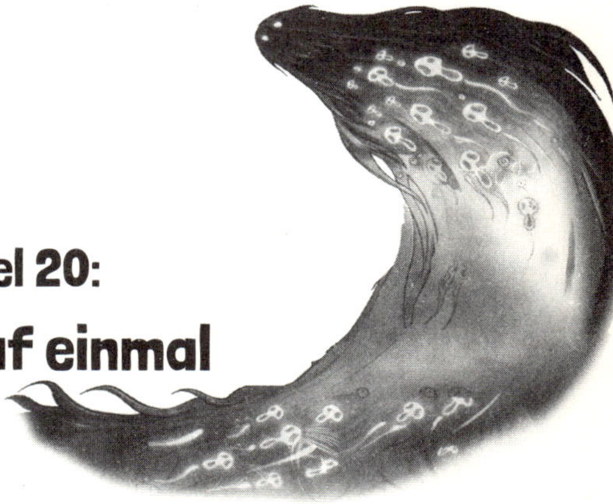

Das Geisterwesen riss seinen Mund auf, aus dem ein fürchterlicher, vielstimmiger Ton drang, der Tom durch Mark und Bein fuhr. Ein Schrei, der klang, als würden unzählige verlorene Seelen nach ihm greifen und ihn hinunter in das abgrundtief schwarze Maul zerren.

Tom war sich sicher, der Poltergeist könnte sie alle einfach verschlingen und sie würden für immer als Teil dieses Monsters durch die Erde spuken, ohne Erinnerung daran, wer oder was sie früher einmal gewesen sein mochten. Am liebsten wäre er weggelaufen, aber seine Füße waren wie festgenagelt, und der Anblick des Poltergeists lähmte ihn von Kopf bis Fuß.

Nicht so Wombie. Der war schneller aus seiner Ecke getreten, als Tom es jemals von dem Zombie erwartet hätte, und schlug nach dem Wesen mit einem mächtigen Seitwärtshaken, der vermutlich ganze Wälder entwurzelt hätte … Nicht so jedoch bei einem Geist, der einfach nur ein bisschen flackerte, als die Faust durch ihn hindurchglitt.

Ein höhnisches, mehrstimmiges Lachen drang aus der Gestalt, während sie sich in dem Zirkuswagen ausbreitete wie eine blauschwarze Gewitterwolke.

Doch nicht so, Wombie!, hörte Tom den Vampir zu allen sprechen. *Lasst mich!*

Vlarad trat zwischen Wombie und den Poltergeist und sah ihm direkt in die leeren, schwarzen Höhlen, wo man die Augen vermuten musste.

»Du kannst unserem Geistermädchen folgen, also kannst du uns sehen und somit ziemlich sicher auch verstehen«, sprach der Vampir und klang dabei, als würde er einem Tatverdächtigen erklären, warum er ihn auch für den Schuldigen hielt.

»Aber wo habe ich nur meine Manieren gelassen, die korrekte Anrede für dich lautet nicht *du,* sondern *Ihr*, nicht wahr?«

Tom war verwundert, warum Vlarad den Poltergeist wie einen König ansprechen wollte, sagte aber nichts. Inzwischen war Mimi wieder durch die Decke gesunken und beobachtete die Situation aus einiger Entfernung.

Nicht so der Vampir. Er stand direkt vor der wallenden, mächtigen Geistererscheinung und wich keinen Millimeter zurück. »Oh, aber glaubt nicht, dass ich Euch in der Mehrzahl anspreche, weil ich Euch für einen König halte«, fuhr Vlarad fort. »Ihr seid nicht von Adel, auch kein hoher Beamter, und Ihr seid auch nicht der grausame Richter Theophilus, wie wir zunächst dachten.«

Nein?, fragte Tom ebenso telepathisch wie überrascht.

Nein, antwortete der Vampir und sprach dann laut weiter: »Die korrekte Bezeichnung für Euch lautet auch nicht, wie vermutet, *Pulsar fortis.* Sie lautet: *Pulsari fortes.* Mehrzahl.«

Tom verstand nun gar nichts mehr. Mehrzahl? Was sollte das? Worauf wollte Vlarad hinaus? Doch da erinnerte er sich an etwas, und plötzlich rasteten eine Menge Zahnräder in Toms Kopf mit lautem Klicken ein. Tatsächlich war es nicht eine, sondern es waren mehrere Stimmen aus dem schwarzen Maul des Poltergeists zu hören gewesen! Und zwar richtig viele!

»Ihr seid nicht der Geist des Richters!«, sprach Vlarad und ließ die Erscheinung nicht aus seinem stechenden Blick. »Dies sind die vereinten Geister derer, die Theophilus unschuldig zum Tode verurteilt hat. Zusammengefügt durch ihre gesammelte Wut und

Verzweiflung, angetrieben von der gemeinsamen Enttäuschung über die Menschen von Grubweiler, die den grausamen Richter damals aus Angst um das eigene Wohl gewähren ließen.«

Kaum hatte Tom all das verstanden, wich auch die lähmende Angst aus seinen Gliedern, und er konnte sich endlich wieder bewegen. Mutig trat er neben Vlarad und musterte die Erscheinung genauer.

Tatsächlich erkannte er aus der Nähe, dass der gesamte vermeintlich riesenhafte Poltergeist aus vielen Geistergestalten bestand, von denen die größten gerade mal so lang waren wie sein Unterarm.

»Das ist ja mal wieder krass«, murmelte Tom, und bevor Vlarad ihn warnen konnte, wagte er sich noch zwei Schritte näher heran.

Eine Sekunde später prallte er bereits gegen die Wand neben Welfs Käfig, sodass er nach vorne umfiel und auf dem Boden nach Luft rang. Der Geisterverbund hatte sich blitzschnell zu einer mächtigen Faust geballt und Tom quer durch den Wagen geschleudert. Wie durch einen Nebel nahm er das wütende Grollen von Welf in seinem Käfig wahr, der sich nur zu gerne auf die Gegner gestürzt hätte – egal, ob er gegen sie etwas ausrichten konnte oder nicht.

»Tom!«, rief Mimi erschrocken aus und flatterte aufgeregt zu ihm. Doch da war sie auch schon von unzähligen der kleinen blauschwarzen Gespenster umringt. Sie umhüllten das Geistermädchen, bis von ihr kaum mehr etwas zu sehen war. Tom wollte schreien, doch alles, was er zustande brachte, war ein heiseres, röchelndes Husten.

»Komm mit uns«, tönten die vielen Geister im Chor und wuselten dabei so schnell um Mimi herum, dass Tom vom Zusehen schwindlig wurde. Schnell war von dem Geistermädchen nichts mehr zu sehen, und er spürte, dass er sie auch telepathisch nicht mehr erreichen konnte.

»Mimi! Nein!«, rief Tom erschrocken, rappelte sich auf und war gerade drauf und dran, einfach mitten in das Getümmel zu treten, als ihn der Vampir mit einem festen Griff an der Schulter zurückhielt.

Urplötzlich waren auch Hop-Tep und sogar Wombie zur Stelle und griffen mitten hinein in das Gewusel aus Gespenstern.

»*Captus Servationis*!«, riefen Vlarad und Hop-Tep wie aus einem Mund.

»Gmmmnnnhhh«, machte Wombie, und es sollte wohl das Gleiche heißen.

Ein stahlblaues Schimmern breitete sich von ihren Händen aus und drängte die Geisterwolke auseinander. Und tatsächlich: Als sie ihre Hände aus der Geisterwolke hoben, hielten sie gemeinsam eine durchsichtige Kugel, die aussah wie eine bläuliche Seifenblase. Darin schwebte Mimi.

Keiner der Geister konnte durch die Kugel zu dem Geistermädchen dringen, was aber nicht hieß, dass sie es nicht versuchten. Im Gegenteil, die kleinen Gespenster rannten immer und immer wieder in blinder Raserei gegen die durchsichtige Membran an und schwirrten drumherum wie ein Schwarm Piranhas um eine Schinkenkeule.

Da ertönte plötzlich ein durchdringender Ruf, und Tom fiel sofort auf, dass es diesmal kein mehrstimmiger war. Es klang eher wie die einsame Stimme einer traurigen Frau, die Tom sofort leidtat, obwohl er gar nicht wusste, warum eigentlich.

Augenblicklich ließen die kleinen Geister von Mimis schützender Blase ab und kehrten zu dem Verbund zurück. Das große Gespenst nahm all die kleinen Geister wieder ihn sich auf. Kaum war die Gestalt komplett, öffnete sich das düstere Maul, und die Stimme erklang wieder, als würden hundert Menschen gleichzeitig flüstern. »Ihr werdet büßen für das, was ihr uns angetan«, sprach das Ungetüm. »Alle.«

Dann sammelte sich das gruselige Geisterwesen zu einer dicken, blauschwarzen Wolke, drehte sich dabei wie eine Windhose und schoss urplötzlich nach unten durch den Boden des Wagens davon.

Erschöpft sanken Vlarad und Hop-Tep nahezu gleichzeitig auf die Knie und ließen die schützende Blase um Mimi verschwinden.

»Noch ein paar Sekunden länger, und wir hätten den Schutz nicht mehr aufrechterhalten können«, stöhnte der Vampir. »Wir sind nun mal keine hauptberuflichen Magier.«

»Dafür war das aber echt wieder mal richtig cool«, keuchte Tom zwischen zwei schmerzhaften Atemstößen. Je tiefer er atmete, desto stechender waren sie zu spüren.

Wombie wirkte auf den ersten Blick, als hätte ihn all das nicht sonderlich viel Kraft gekostet. Allerdings nahm er umgehend seinen Kuschelhasen Odor aus der Jackentasche, verbarg ihn schützend in seinen starken Armen und tappte in eine dunkle Ecke des Zirkuswagens.

»Warum ... warum ist das Ding verschwunden?«, stieß Tom hervor und rollte sich vorsichtig auf die Seite, um sich aufzurappeln. Die Schmerzen an seinem Rücken waren immer noch ziemlich heftig.

»Aus dem gleichen Grund, warum ich nun leider den Wagen verlassen und mich in die *Schreckensfahrt* zurückziehen werde«, antwortete Vlarad und deutete auf eins der Fenster.

Tom sah, dass sich zwischen den dicken Vorhängen

die ersten Sonnenstrahlen hindurchzwängten und schmale rote Streifen ins Innere schickten. »Egal wie groß ein Poltergeist ist oder wie viele es sein mögen, Sonnenlicht ist für ihn genauso tödlich wie für uns Vampire. Und die Vorhänge mögen dick genug sein, aber wenn der Wagen von solchen Erschütterungen heimgesucht wird, möchte ich nicht plötzlich im Licht der aufgehenden Sonne stehen. Dafür wird sich Welf nun wieder spürbar erholen, da der Vollmond tagsüber naturgemäß wenig Einfluss auf ihn hat.«

»Mann, ist das alles kompliziert«, brummelte Tom.

Der Vampir lachte trocken auf. »Ja, ich habe auch ein paar Jahrhunderte gebraucht, bis ich alle Gesetzmäßigkeiten der verschiedenen Untoten frei zitieren konnte. Bis ins Jahr 1913 brauchte ich als Gedächtnisstütze ein Notizbuch. Sobald ihr euch von der Zurechnungsfähigkeit unseres Werwolfs überzeugt und ein wenig erholt habt, treffen wir uns in der Geisterbahn bei meinem Sarg. Aber lasst euch nicht zu viel Zeit, wir müssen reden. Und schließlich handeln.« Damit drehte sich der Vampir auf dem Absatz um und verschwand in dem Durchgang zur *Schreckensfahrt.*

Kapitel 21: Mimis Dilemma

Als Vlarad, Hop-Tep und Wombie den Zirkuswagen verlassen hatten, blieben nur noch Tom, Mimi und natürlich Welf in seinem Käfig zurück.

Tom wendete sich an die Gestalt hinter den Gitterstäben. »Ähm, Welf? Wie geht's dir?«

»Beschissen, danke«, war die Antwort, und Tom grinste. Das klang schon sehr nach seinem Onkel.

»Also mach ich das Ding jetzt auf, richtig?«, fragte er trotzdem noch einmal zur Sicherheit, denn man konnte ja nie wissen.

Da schälte sich Welf aus dem Schatten des Käfigs und trat an die Gitterstäbe. »Es ist alles okay, Tom. Erst heute Abend gegen halb sieben wird's wieder interessant.«

Tom sah zu Mimi, sie nickte ihm zu. Also ließ Tom mit der Kraft seiner Gedanken die Gitterstäbe lautlos auseinanderfahren. Sein Onkel trat aus dem Käfig,

Tom schloss das Gefängnis hinter ihm und ließ auch die Wand wieder vorfahren, sodass von Welfs »Spielzimmer« nichts mehr zu sehen war.

»Hast du alles mitbekommen?«, fragte Tom, und der Werwolf knurrte. »Oh ja, das hab ich. Und ich konnte nichts tun. Mistviecher.« Er wandte sich an Mimi, und als Tom den sorgenvollen Blick von Welf bemerkte, war ihm restlos klar, dass dieser im Moment keine Gefahr darstellte.

»Wie geht's dir, Mädchen?«, fragte er mit sanfter Stimme, und Mimi lächelte tapfer. »Es geht so, ehrlich gesagt. Ich hab zwar nach ihm gesucht, da unten. Aber als ich ihn dann gefunden hatte, habe ich mich so erschrocken wie schon lange nicht mehr.«

Sie schwebte zwischen Tom und Welf und unterstrich alles, was sie erzählte, mit ausladenden Gesten. »Ich bin einfach, zack, nach oben gerast, ich wollte bloß weg! Dabei hab ich gespürt, dass er mir folgt, und das alleine war schon voll grausig. Aber …«

Sie machte eine seltsame Pause, und Tom sah sie fragend an. »Was denn, Mimi?«

»Ich … ich hab etwas gespürt, was ich so noch nie …«, stammelte das Gespenstermädchen. »Also nicht, seit ich ein Geist bin …«

Tom und Welf sahen sich verwundert an.

»Du weißt doch, dass du uns alles erzählen kannst,

oder?«, brummte Welf, und Mimi nickte. »Ja schon. Aber …«

»Hey«, sagte Tom ganz leise. »Wenn du nicht willst, dann ist das auch okay. Erzählst du es eben, wenn dir danach ist, ja?«

»Außer es ist wichtig. Dann erzählst du es uns jetzt«, warf Welf ein, und Tom seufzte. »Oh Mann, Welf. Jetzt sei doch nicht so … wie du immer bist!«

»Der Satz ist Quatsch, Junge«, antwortete der Werwolf, beließ es aber dabei und verschränkte die Arme vor seinem muskulösen Brustkorb.

»Ich wollte dazugehören«, hörten sie plötzlich Mimi sagen und drehten sich überrascht um.

»Du wolltest bitte was?«, fragte Tom fassungslos, und auch Welf stand der Mund offen.

»Der Poltergeist hat die ganze Zeit über zu mir gesprochen, aber ihr konntet es anscheinend nicht hören. Von der ersten Sekunde an, als ich ihn gefunden hatte, bis zu dem Moment, als er dann im Boden verschwunden ist, hat er mit mir geredet.«

»Das ist ja mal übelst krass«, staunte Tom. »Und magst du uns auch sagen, was er so von sich gegeben hat, oder …?«

»Es war ja gar kein *Er*, sondern eine *Sie*«, erklärte Mimi. »Zumindest hörte es sich an wie die Stimme einer Frau.«

»Stimmt!«, rief Tom. »Einmal ist mir das auch aufgefallen! Als der Geist seine kleinen Geisterchen zurückgerufen hat, klang das nicht wie das mehrstimmige Geschrei, sondern wie eine einzelne Stimme. Und es hörte sich total traurig an, fand ich.«

»Ja, genau so hat sie erst zu mir gesprochen!«, redete Mimi aufgeregt weiter. »Sie hat mir gesagt, dass es mir gut gehen würde bei ihnen. Und dass ich doch unter meinesgleichen sicher viel glücklicher wäre als mit euch. Und sie hat …«

Wieder stockte Mimi und musste sich überwinden, weiterzusprechen. »Sie hat mich *angefasst.* Ich hab sie gespürt, an meiner Hand …«

»Das kann doch nicht …«, staunte Welf, und auch Tom wusste nicht, was er sagen sollte. Das, was Mimi am meisten vermisste, was sie sich so sehr wünschte, hatte ausgerechnet diese Frau in dem Poltergeist-Kollektiv ihr gegeben? Wie war das möglich?

Tom konnte gar nicht anders, er hatte dafür vollstes Verständnis. Obwohl der Gedanke, Mimi zu verlieren, unerträglich für ihn war, konnte er absolut nachvollziehen, wenn sie hin- und hergerissen war.

»Und?«, fragte Tom schließlich vorsichtig. »Willst du jetzt … also …«

»Nein, das will ich nicht«, antwortete Mimi prompt.

Tom und Welf atmeten gleichzeitig erleichtert aus.

»Ehrlich gesagt, zuerst hab ich echt drüber nachgedacht, weil die Stimme so lieb war, und alles, was sie gesagt hat, war so … Naja, ich hab gespürt, dass sie weiß, wie es mir geht und was ich mir so sehr wünschen würde … Aber dann wurde mir klar, wo ich hingehöre. Ich gehör hierher. Zu euch.«

Tom schlug das Herz bis zum Hals vor Rührung, aber er wusste nicht, was er sagen sollte.

Mimi war anzusehen, wie sehr sie das Ganze mitgenommen hatte. »Das hab ich der Poltergeisterfrau dann eben gesagt, und da wurde sie plötzlich ultramegawütend, hat mir gedroht und ihre kleinen Geister losgeschickt, die mich gepackt haben und in das Kollektiv zerren wollten. Wenn Vlarad und die anderen mich nicht gerettet hätten, wär ich jetzt … da drin. Und fast wär ich freiwillig mitgegangen.«

Tom schluckte. So gerne hätte er das Geistermädchen jetzt in den Arm genommen, aber seine Hände wären ja doch nur durch sie hindurchgeglitten.

Schließlich fand Welf die richtigen Worte. »Der Poltergeist hat dir etwas angeboten, was wir dir nicht bieten können. Keiner von uns kann dich umarmen. Aber wenn du die Augen schließt und an uns denkst, was fühlst du dann?«

Mimi schloss die Augen. Dann lächelte sie glücklich und flüsterte: »Familie.«

Kapitel 22:
Die Geistermutter

Wenig später hatten sich alle in der Vampir-Dekoration der Geisterbahn eingefunden, wo sie Vlarad bereits auf seinem Sarg sitzend erwartet hatte. Wombie blieb wie immer einfach stehen und schaute ins Leere, Hop-Tep hatte sich einen Campingstuhl geholt, und Welf lehnte mit verschränkten Armen an einer der hölzernen Wände, die in Felsenoptik bemalt waren.

Tom und Mimi waren als Letzte hinzugekommen, und Mimi hatte den anderen gerade berichtet, was sie erlebt hatte.

»Ihr könnt mich zwar nicht anfassen«, beendet sie gerade ihre Erzählung. »Aber das heißt nicht, dass ihr mich nicht berührt. Denn das tut ihr jeden Tag. Ich werde euch nie, nie, nie verlassen.«

Da musste sogar Vlarad blinzeln, Hop-Tep schniefte

hörbar unter den Bandagen hervor, und Wombie strich seinem Stoffhasen tröstend über den Kopf.

»Das hast du echt schön gesagt, Mimi«, flüsterte Tom, und das Geistermädchen schenkte ihm ihr strahlendstes Lächeln.

»Es tut mir leid, dass ich diesen Moment so rüde unterbrechen muss, ihr Lieben«, sprach da der Vampir. »Verehrte Gemeinschaft, wir haben viel gelernt und müssen daraus die richtigen Schlüsse ziehen.«

»Was du mit Sicherheit schon für uns erledigt hast«, warf Welf grummelig ein, und der Vampir lächelte. »Jeder, wie er kann. Ich darf zusammenfassen: Der Poltergeist ist kein Poltergeist, sondern ein Verbund von vielen kleinen und einem großen Poltergeist. Ich nenne diesen jetzt mal *Die Geistermutter,* weil sie mit der Stimme einer Frau spricht und über die anderen die totale Kontrolle ausübt.«

»Was Mütter halt so machen, oder wie?«, brummte der Werwolf, und Tom kicherte.

»Konzentration«, erbat sich der Vampir und fuhr fort: »Die Geistermutter ist in der Lage, zu Mimi zu sprechen und mutmaßlich auch zu uns. Zumindest hörten wir ihre Stimme, als sie die kleineren Geister wieder zu sich rief.«

»Sind die eigentlich dann so was wie ihre Kinder?«, fragte Tom dazwischen, doch der Vampir schüttelte den Kopf. »Gespenster können sich nicht fortpflanzen, und ich möchte mal stark bezweifeln, dass die Geistermutter zu Lebzeiten über hundert Kinder hatte.«

»Stell dir mal das Kinderzimmer vor, nachdem die alle gleichzeitig mit Knete gespielt haben«, flüsterte Tom Mimi zu, und sie unterdrückte ein Prusten.

»Ich vermisse den nötigen Ernst«, sprach der Vampir in seinem trockensten Tonfall, und Tom setzte sich sofort betont aufrecht hin, was Mimi noch einmal losprusten ließ. Ungerührt fuhr Vlarad fort: »Meine Theorie ist, dass die untote Dame niemand anderes ist als die unglückliche Ehefrau des Richters Theophilus. Als letztes Opfer des Richters sammelte sie all die anderen untoten Seelen der zu Unrecht Verurteilten unter ihrem Fluch und nahm sie in sich auf. Ihnen allen gemein ist nicht nur die Wut auf den grausamen Richter, sondern vor allem auf die damaligen Bürger der Stadt Grubweiler, die den Richter gewähren ließen.«

Niemandem war nun mehr nach billigen Witzen zumute, und Tom verstand sofort, worauf Vlarad hinauswollte. »Du meinst, sie wollen sich an den Grubweilern rächen!«

Der Vampir nickte. »Exakt.«

»Aber warum erst jetzt?«, fragte Tom. »Es war doch über zweihundert Jahre lang Ruhe, das macht doch gar keinen Sinn?«

Die Mumie meldete sich zu Wort: »Ich muss dir widersprechen, junger Freund. Bedenke, dass das Haus des Richters aus bislang ungeklärten Gründen im Boden versank.«

Tom sprang auf. »Ach so! Du meinst, das war der Poltergeist-Verbund! Und *daraufhin* hat die Stadt dann das Gebiet hier zum unsicheren Gelände erklärt, sodass sich über lange Zeit keiner mehr hier blicken ließ! Was auch funktioniert hat, weil Poltergeister ja an einen Ort gebunden sind. Sie konnten also nicht einfach im Rest der Stadt rumspuken, sondern waren drauf angewiesen, dass sich irgendwer hierher verirrt.«

»Goldrichtig«, lobte der Vampir. »Also wartete die Geistermutter mit ihrem Schwarm der wütenden Seelen viele, viele Jahre, bis sich endlich einmal mehr Menschen an diesem verfluchten Ort einfinden würden als der ein oder andere Spaziergänger ...«

»... um dann grausame Rache zu nehmen«, vollendete Tom den Satz, und ihm lief dabei ein eiskalter Schauer über den Rücken. »Mannomann, ist das irre. Also ist das hier gar kein Bergfall-Gebiet und es liegt gar nicht an den Schächten unter uns?«

»Nicht direkt, nein«, sagte Mimi. »Es sind zwar genug davon da, aber der Fels, durch den ich wandern musste, war superstabil, und die Schächte waren bis auf die, wo das Haus vom Richter eingebrochen ist, alle intakt.«

»Und hier gesellt sich zum Tanz der Untoten die ganz und gar lebendige Physik«, sprach Vlarad laut und hob sogar einen oberlehrerhaften Zeigefinger. »Die Poltergeister scheinen einen Weg gefunden zu haben, die Gänge zum Einstürzen zu bringen.«

»Eine Resonanzkatastrophe«, flüsterte Tom und riss die Augen auf. »Na klar!«

»Eine was?«, fragte Mimi, und sogar Vlarad war überrascht.

»Ich hatte das mal in einem PC-Game, wo man eine Zivilisation aufbaut. Ich hatte mir eine Seestadt aufgebaut, wo rundrum nur Wasser war, damit man nur über die Brücken rein kann. Als dann ein anderer, vom Computer gesteuerter, König mit seinen Angriffstruppen über die Brücken marschiert ist, sind die plötzlich alle eingestürzt. Ich hab erst gedacht, was ist denn das für ein Quatsch, ist sicher ein Bug im Spiel. Als ich aber dann im Internet nachgeschaut hab, ob andere auch diesen Fehler hatten, war ich voll überrascht, weil das nämlich sogar stimmt. Wenn eine große Gruppe Menschen im Gleichschritt über eine Brücke läuft, gibt das Schwingungen, und die Brücke kann davon einstürzen. In Deutschland gibt's sogar ein Gesetz, das das verbietet.«

»Das Einstürzen?«, fragte Mimi, und Tom rollte mit den Augen. »Nein, das Marschieren im Gleichschritt über eine Brücke. Wenn die einstürzt, nennt man das eine Resonanzkatastrophe. Die kleine Version davon ist, wenn jemand ein Glas kaputt singt. Weniger katastrophal, aber genau das gleiche Phänomen: Schwingungen.«

»Ich hätte es kaum besser formulieren können«, sprach der Vampir. »Vielleicht grammatikalisch etwas sauberer, aber inhaltlich ganz wunderbar, vielen Dank, Tom. In der Tat wäre es möglich, dass sich die Poltergeister an strategisch sinnvollen Orten in den unterirdischen Schächten positioniert haben und dann durch perfekt synchronisierte Schwingungen das Erdbeben schufen. Nur ein Heer aus Geistern mit telepathischer Verbindung zueinander ist in der Lage, sich so perfekt aufeinander einzustimmen.«

»Stimmt«, sagte Mimi. »Es gibt ja auch diesen Mythos, dass China die Erde aus der Umlaufbahn treten könnte, wenn alle Chinesen genau gleichzeitig hüpfen würden. Angeblich scheitert es nur daran, dass sie sich nicht so perfekt synchronisieren können.«

»Tut, was wir sagen, oder wir hüpfen«, murmelte Tom. »Hat was. Aber was fangen wir jetzt an mit dieser Erkenntnis? Wenn das alles so stimmt, dann hat die Geistermama ein ziemlich heftiges Erdbeben ausgelöst. Und sie wird es wieder tun, wenn viele Menschen auf dem Platz versammelt sind.«

Der Vampir nickte sorgenvoll. »Du sagst es. So müssen sie nicht mühevoll jeden einzelnen armen Teufel attackieren, sondern sie können auf einen Schlag unzählige Menschen gefährden.«

Mimi schüttelte den Kopf. »Also, nach der Katastrophe gestern wird doch hier niemand ernsthaft irgendwas veranstalten wollen.«

Tom zückte sein Smartphone und öffnete den Browser. »Mal sehen, wie der Stand ist«, murmelte er und überflog schnell ein paar Berichte über die gestrige Nacht.

»Also, das ist … hm …«, machte er, während die anderen ihn erwartungsvoll ansahen.

Schließlich ließ er das Handy sinken und seufzte. »Die Behörden haben den Jahrmarkt abgesagt.«

»Gott sei Dank!«, rief Mimi. »Das sind doch gute Nachrichten!«

»Schon, aber das heißt leider nicht, dass hier niemand mehr auf dem Platz ist«, seufzte Tom.

»Wie meinst du das?«, fragte Mimi verwundert. »Wenn's doch jetzt verboten ist, dass man …«

Tom hielt ihr sein Smartphone entgegen und scrollte dabei mit dem Daumen durch die Suchergebnisse. »Wer, glaubst du, hat die ganzen Artikel geschrieben, die ich gerade im Internet gefunden habe? Wer filmt die Fernsehbeiträge, wer berichtet *live* von der Unglücksstelle?«

»Moment, bin gleich wieder da«, rief Mimi kurz angebunden und sauste durch die Wand davon. Nur ein paar Sekunden später war sie zurück, und ihr Gesicht sprach Bände.

»Oh Mann, du hattest so recht, Tom«, seufzte sie. »Da draußen steht jeder Fernsehsender, den man kennt, und ein paar, von denen ich noch nie gehört hab, mit Übertragungswagen und Teams, dazu Reporter und Fotografen von den großen Zeitungen und News-Agenturen. Die Polizei hat eine Absperrung um die Stelle errichtet, aber rundherum ist alles *voll mit Menschen.* Und nicht nur das.«

»Um des Teufels und seiner Großmutter willen, was denn noch?«, stöhnte Vlarad, und Tom war einfach zu neugierig, um das alles nur aus Mimis Beschreibung zu erfahren. Er lief zu dem schweren Metalltor am Anfang der Wagenstrecke und blinzelte durch eine schmale Lücke hinaus.

Was er sah, entsprach exakt dem, was Mimi den anderen gerade berichtete. »Auf dem Platz sind natürlich die Helfer, dazwischen wuseln irgendwelche Forscher rum, die irgendwas messen. Und in dem ganzen Getümmel bauen die Schausteller und Budenbesitzer ihr Zeug ab, schimpfen rum und blockieren sich gegenseitig mit ihren Autos, Wohnmobilen und LKWs.«

»Genau das«, bestätigte Tom, als er wieder zurück zu Vlarads Sarg kam. »Und Barthelmann rennt dazwischen hin und her, hat einen knallroten Kopf und schimpft einfach in alle Richtungen. Sowas hilft ja immer ganz besonders.« Tom kniff sich frustriert mit den Fingern in die Augenhöhlen, bis er kleine Sternchen sah.

»Das bringt aber auch nix, was du da machst«, hörte er Mimi neben sich, und sie hatte natürlich recht.

»Ja doch. Aber was Besseres ist mir grad nicht eingefallen«, antwortete Tom und sah dann fragend zu Vlarad. »Was machen wir jetzt?«

Der Vampir stand auf und straffte seine Weste. »Nun müssen wir zunächst eine schwere Entscheidung treffen, liebe Freunde.« Er ließ seinen Blick über alle Anwesenden wandern, und Tom bemerkte, dass das nun Folgende dem Vampir sehr wichtig war.

»Wir sind bis auf Tom alle selbst Untote. Ebenso wie die Geistermutter und ihre Gefolgschaft. Uns alle eint, dass wir erst durch des unbarmherzigen Schicksals Fügung wurden, was wir sind. So auch der Verbund von Poltergeistern irgendwo unter uns. Allerdings haben wir vor langer Zeit entschieden, den Menschen kein Leid anzutun und Leben zu schützen, wo immer wir können. Ganz im Gegensatz zu den bemitleidenswerten Kreaturen, die seit Jahrhunderten nur darauf warten, tödliche Rache zu nehmen für ihr eigenes Schicksal. Zum ersten Mal seit langer Zeit ist der Platz wieder voll mit unschuldigen Menschen, und zweifellos wird der Geisterverbund diese Gelegenheit nutzen. Um das zu verhindern, wird sich ein Kampf vielleicht nicht verhindern lassen. Wir werden jede Gelegenheit wahrnehmen, um das zu vermeiden. Aber im schlimmsten Fall kämpfen wir gegen Untote, wie wir es sind, um die Lebenden zu schützen. Das muss uns allen klar sein, und wenn wir diesen Weg wählen, gibt es kein Zurück mehr.«

Eine eventuelle Antwort wurde unterbrochen durch heftiges Klopfen am verriegelten Tor der Geisterbahn.

»Heda! Lasst mich herrrein, wir müssen rrreden!«, rollte eine unangenehm bekannte Stimme ihre Rs dumpf ins Innere.

Kapitel 23:
Besuch von Zoracz

Tom öffnete Zoracz und seiner Begleiterin. In der Hand hielt er einen Pinsel, und auf dem Kopf trug er einen Zeitungshut. »Was denn?«, fragte er betont unwirsch, doch Zoracz achtete kaum auf ihn.

»Ganz alleine?«, fragte er neugierig und renkte sich fast den Hals aus bei dem Versuch, sich so schnell wie möglich besonders gründlich in der Geisterbahn umzusehen.

»Nein«, antwortete Tom. »Noch was, oder war's das?«

»Moooooment!«, entgegnete Zoracz und hielt einen Gehstock mit protzigem Silberknauf gegen die Metalltür. »Wir müssen rrreden. Willst du uns nicht herrreinbitten?«

»Will ich nicht, aber passt schon. Kommen Sie mit.«, sagte Tom und verschwand wieder in dem dunklen Gang. Zoracz und Dada folgten ihm auf dem Fuße.

»Wie überaus erfreulich, Sie hier zu treffen, Welf«, rief Zoracz übertrieben, als er selbigen im Schein eines Bauscheinwerfers stehen sah. Auch Welf trug einen Malerhut und war anscheinend gerade damit beschäftigt, einen angemalten Styroporfelsen auszubessern.

»Ich hab mich schon mal mehr gefreut, was wollen Sie«, antwortete Welf unwirsch und wendete sich wieder seiner Arbeit zu.

Zoracz lachte künstlich. »Sehr schön machen Sie das, der Stein wirrd bald wieder wie neu aussehen. Ich würrde nur zu einer anderen Farbe raten als Rot.«

»Soll Sandstein werden«, gab Welf ungerührt zurück. »Ich kann Ihnen aber auch so einen Hut falten, und Sie zeigen mir, wie man das besser macht.«

»Darrum sind wirrr nicht hier«, schnarrte Zoracz und rümpfte die Nase.

»Schade«, antworteten Tom und Welf gleichzeitig, und Tom bemerkte, dass Dada sich das Lachen verbeißen musste. Als sich Zoracz zu ihr umdrehte, hatte sie sich aber wieder im Griff. »Du wolltest etwas sagen, meine Liebe?«

»Ja«, sagte Dada und trat vor. Dann streckte sie Welf ihre Hand entgegen. »Danke.«

Welf schaute auf die Hand, dann auf die Frau. Dann nickte er ein »Schon okay« und malte weiter rote Farbe auf den grauen Stein.

Tom fand, dass das alles in allem eine wirklich seltsame Situation war. Dada wirkte nicht gerade so, als hätte sie das Bedürfnis gehabt, sich noch einmal zu bedanken, und Welf wirkte erst recht nicht so, als hätte er drauf gewartet.

»Deswegen sind Sie hergekommen?«, fragte Tom. »Heißt das, dass Sie jetzt wieder gehen? Das wär toll.«

»Du bist ein frrreches Kerrlchen«, grollte Zoracz. »In der Tat war das noch nicht alles.«

Er machte einen großen Schritt über die Gleise und zwängte sich zwischen Welf und den Stein. »Sie haben mich absichtlich neugierig gemacht mit dem Hinweis auf einen *Pulsar apparrratio*, nicht wahr? Sie wollten, dass ich bleibe, rrrichtig?«

»Wenn Sie das so sicher wissen, warum fragen Sie dann«, entgegnete Welf scheinbar ungerührt. Aber Tom bemerkte, dass sich sein Onkel irgendwie unwohl fühlte.

»Weil ich es von Ihnen hörrren will!«, rief Zoracz plötzlich ziemlich laut. »Geben Sie es zu! Sie wollten, dass ich dirrekt gegenüber von eurer lächerlichen Staublaube aufbaue, um dem Polterrgeist ein zusätzliches und geradezu unwiderstehliches Ziel zu bieten! Ein Spiegelkabinett! Welcher Klopfgeist könnte das unzerstört belassen!«

Tom schaute zu Boden. Ziemlich genau das hatte

Welf auch gesagt, und er hatte recht behalten. Tom und die anderen hatten sogar darüber gelacht, und jetzt fühlte sich das gerade ziemlich unlustig an.

»Dass ihr dadurch meine allerliebste Dada in Gefahr brachtet, habt ihr natürlich nicht bedacht, nicht wahr? Aber oh, ihr habt sie ja ach so heldenhaft gerrettet – Nachdem ihr selbst sie erst in Lebensgefahr brachtet!«

Welf sagte kein Wort, aber Tom reichte es jetzt. »Selbst wenn es so war«, sagte er leise, und Zoracz drehte sich zu ihm herum.

»Siehst du es etwa anders, kleiner Mann?«, fragte er, und seine Augen verengten sich zu Schlitzen.

»Ein bisschen schon, ja«, entgegnete Tom. »Es hat Sie niemand gezwungen, hierzubleiben, und wenn Sie sich wirklich so gut auskennen, wie Vl… Welf mir gesagt hat, dann wäre es wohl das Schlaueste gewesen, sofort von hier zu verschwinden. Das haben Sie aber *nicht* getan. Sie haben hier aufgebaut, direkt gegenüber. *Obwohl* Sie wussten, dass wir hier ein gefährliches Wesen vermuten. Oder vielleicht sogar genau deswegen!«

Tom deutete zu Dada, die die ganze Zeit nur zugehört hatte. »Und dann haben Sie Ihre Assistentin ganz alleine gelassen! Mit den ganzen Scheiben und den Spiegeln! Nachts! Und das, *obwohl* Sie gerade selbst zugegeben haben, dass Sie sehr wohl wissen, welche Anziehungskraft das auf Poltergeister ausübt.« Er sah Zoracz scharf an. »Wir haben Ihnen nur die Wahrheit gesagt. Der Einzige, der Schuld an dem Schaden und an der Gefahr für Dada trägt, sind Sie. Dass Sie dann noch versucht haben, mit Ihrem Campingmobil zu flüchten und mit Vollgas quer durch die Leute gebrettert sind, zeigt, was für ein mitfühlender Mensch Sie doch sind. Wenn Sie also sonst nichts wollten, als uns noch einmal zu zeigen, warum wir Sie so kacke finden, dann haben Sie das hiermit erledigt und könnten jetzt auch abhauen. Finde ich.«

Ein seltsames Knirschgeräusch durchbrach die Stille nach Toms wütendem Vortrag, und der erkannte, dass es wohl Zoracz' Zähne waren.

»Das ist noch nirrcht vorbei, kleiner Marrrnn«, zischte Zoracz, drehte sich auf dem Absatz um und rauschte mit großen Schritten die Gleise entlang hinaus. »Dada! Wir rrreisen ab! Und euch noch viel Frreude mit dem Polterrgeist, möge er euch diese Brrruchbude in Grund und Boden polterrrn!«

Dada nickte Welf und Tom zu und wand sich dann ebenfalls zum Gehen. Da zögerte sie kurz und drehte sich noch einmal um. Sie sah Tom an, als habe sie noch etwas auf dem Herzen … in dem Moment ertönte ein halblautes BONK und ein ellenlanger Fluch.

Offensichtlich hatte sich Zoracz beim Hinausgehen die Birne an der tief hängenden Metalltür gestoßen.

Dada war so schnell in Richtung ihres Chefs verschwunden, dass es aussah, als hätte jemand einen Film vorgespult.

Tom und Welf hörten sie irgendetwas sagen und dazu Zoracz, wie er weiterschimpfte.

Schließlich hatten sie sich so weit entfernt, dass Tom nichts mehr von ihnen hörte. Der Anflug eines Lächelns huschte über die schmalen Lippen des Werwolfs, und er legte Tom die Hand auf die Schulter. »Das alles hätte ich ihm schon auch erklären können.«

»Ja, ich aber genauso, und ich hab's gern gemacht«, antwortete Tom. »Allerdings, mit der Farbe hat er schon recht gehabt. Nicht einmal Sandstein ist so rot. Oder wolltest du in Wirklichkeit Dada in ihrem hautengen roten Kostümchen an die Wand malen?«

»Untersteh dich«, hörten sie da Mimis Stimme. Sie hatte die Fäuste in die Hüften gestemmt und funkelte Tom säuerlich an.

»Wenn ihr das tut, überleg ich mir das noch mal mit dem Angebot von der Geistermutter.«

Tom schaute gegen die Decke und schickte ein lautes Stöhnen hinterher. »Oh Mann, Mimi! Das war ein Witz! Was hast du denn für ein Problem mit der Dada? Hat die dir irgendwas getan, oder …«

»Oh, wir nennen sie also schon bei ihrem Namen?«, giftete Mimi erstaunlich bissig zurück. »Vielleicht willst du dich ja mal mit ihr verabreden auf ein Eis? Ach nee, geht ja nicht, weil wenn die mehr als drei Bissen isst, platzt ihr ja das Leder von der Hüfte. Pah.«

»Haben wir nicht gerade andere Probleme?«, unterbrach sie Welf ziemlich forsch.

»Ja, haben wir! Aber das ist auch eins von d…«

Der blauschwarz schimmernde Arm, der Mimi einfach aus ihrem Blickfeld gerissen hatte, war so schnell verschwunden, wie er gekommen war.

Kapitel 24:
Ein anderes Beben

»Wieso konnten die das!«, rief Tom aufgebracht und deutete auf Vlarad. »Du hast gesagt, dass der nicht am Tag kommt!«

»Ich sagte, dass Poltergeister keine Sonne vertragen, so wie ich«, antwortete Vlarad. »Aber du hast recht, ich trage die Schuld für die Entführung. Mimi hätte sich nicht in der vollkommen abgedunkelten Geisterbahn aufhalten dürfen. Wie konnte ich nur so töricht sein!«

Mit einem lauten Krachen fuhr die Faust des Vampirs durch den Deckel seines Sargs und hinterließ ein großes Loch in dem massiven Edelholz.

Tom erkannte, dass sie das nicht weiterbringen würde. »Okay, es ist sinnlos, wenn wir uns gegenseitig beschuldigen. Was tun wir jetzt?«

»Um ehrlich zu sein, ich weiß es nicht«, entgegnete Vlarad. »Mimi antwortet nicht auf unsere telepathischen Rufe. Ich gehe davon aus, dass sie uns nicht hören kann.«

»Gut möglich, dass die Geistermutter sie von uns abschirmt. Oder zu viel Wasser dazwischen«, grollte Welf.

Hop-Tep meldete sich telepathisch zu Wort: *Wir müssen wissen, wo unsere Prinzessin ist. Erst dann scheint mir eine Rettungsaktion sinnstiftend.*

Tom krempelte seinen Ärmel hoch und schaute auf die roten Punkte, die ihm die Position der anderen zeigte. Dann drehte er sich langsam im Kreis, um herauszufinden, welcher Punkt wer war. »Also ... das bist du, Welf, das ist Wombie ... Vlarad, Hop-Tep ...« Überrascht deutete Tom auf den roten Punkt ganz nah neben seinem eigenen. »Mimi ist irgendwo *unter uns*?«

Eine Erschütterung ließ die Geisterbahn erbeben, Eisen bog sich, Holz splitterte und krachte. Alle suchten nach Halt, Vlarad rutschte ziemlich unelegant von dem Sarg, auf dem er gesessen hatte, und Hop-Tep prallte gegen die Sperrholzwand der Dekoration.

»Wieder ein Erdbeben?«, rief Tom laut, doch das letzte Wort verhallte in den Gängen der nun wieder totenstillen *Schreckensfahrt.* »Äh, schon wieder vorbei?«, wunderte er sich.

Es war Welf, der als Erster sah, dass nun noch einer von ihnen fehlte. »Wombie!«

Dort, wo der Zombie eben noch gestanden hatte, war nun ein mächtiges Loch im Boden. Alle eilten zu der klaffenden Öffnung und blickten hinunter in die Dunkelheit. Aus der Tiefe drang ein wütendes »Gmmmhhh!«, gefolgt von einem Schwall Erde und Gestein. Dann rumste es abermals und noch einmal, man hörte ein Scharren und Kratzen, und wieder flog ihnen ein Haufen Aushub entgegen.

Ungläubig sah Tom zu den anderen. »Wombie wurde nicht entführt. Wombie *gräbt?*«

Der Vampir lächelte grimmig. »Wie es scheint, ist unser Zombie sehr, sehr ungehalten. Und das setzt bei ihm Kräfte frei, die sogar mich immer wieder aufs Neue erstaunen.«

Schneller und schneller trommelten nun Wombies Schläge, und der Vergleich mit einem Presslufthammer drängte sich auf. Im nächsten Augenblick hatte Tom schon das LED-Lämpchen seines Smartphones aktiviert und leuchtete in die Tiefe.

»Ich werde die schützende Projektion rund um die Geisterbahn wieder errichten, denn dieser Lärm dürfte die Menschen auf dem Platz ziemlich sicher unangenehm berühren. Ein Bild kann ich in der Eile nicht erschaffen, aber den Ton und die Erschütterungen werde ich blockieren können.«

»Brillanter Plan!«, rief Tom und musste innerlich

mal wieder den Kopf schütteln über die unglaublichen Fähigkeiten seiner Freunde. Und die sagen immer, ich hätte Superkräfte, dachte er. Unfassbar …

Während Vlarad seine Beschwörungsformeln murmelte, schaute Tom noch einmal zu Wombie hinunter. »Das gibt's doch gar nicht, schaut euch das an!«, rief er, und die anderen beugten sich über das Loch.

Viel weiter unten, als alle angenommen hatten, sahen sie die mächtige Gestalt des Zombies kauern. Unnachgiebig bearbeiteten seine gigantischen Arme den steinigen Boden und lockerten das Erdreich rundherum.

Gerade begann Wombie wieder mit dem Abtragen des Aushubs. Dabei ignorierte er völlig, dass die hinaufgeschleuderte Erde den Höhenunterschied nicht mehr bewältigen konnte und einfach wieder auf ihn hinunterfiel.

Ihm war offensichtlich nur wichtig, dass er sich so schnell wie möglich nach unten vorarbeitete – egal, ob er sich damit gleichzeitig auch den Rückweg verstopfte.

»Wir müssen ihm helfen! Erstens gräbt er sich ein und zweitens können wir ihm dann nicht folgen«, brüllte Tom über den Lärm der Erschütterungen. »Wie kriegen wir die Erde nach oben?«

»Die Wagen!«, rief Vlarad. »Welf, Hop-Tep, holt mir

vier Stück davon her und bereitet sie vor, ich besorge Seile.«

Tom konnte kaum etwas beitragen zu der verrückten Aktion, da man hierfür entweder wahnwitzig stark oder irrsinnig schnell sein musste: Die Mumie schob einen Geisterbahn-Wagen nach dem anderen über das Gleis zu Welf. Der Werwolf griff hinein, riss mit einem Ruck die Sitze aus den fest verschraubten Verankerungen und warf sie achtlos hinter sich auf einen Haufen. Während er bereits den nächsten Wagen bearbeitete, war der Vampir schon mit mehreren großen Schlaufen Seil zurückgekehrt.

»Wo hast du das denn so schnell hergezaubert?«, rief Tom erstaunt und zuckte zusammen, als Vlarad einfach zwei der gleistauglichen Räder von dem Wagen abriss.

»Die Rückwand der *Schreckensfahrt* ist eine Zeltplane, und sie war rund herum damit befestigt«, antwortete der Vampir seelenruhig, während er aus den zwei Rädern und einem Stück Seil einen doppelten Flaschenzug improvisierte.

»Heißt das, wir haben jetzt keine Rückwand mehr?«

»Nein, das heißt, wir haben jetzt kein Klebeband mehr«, entgegnete Vlarad. »Ich brauchte alle sieben Rollen, um die Rückwand damit notdürftig zu fixieren.«

Er griff sich den Wagen, schlang das Seil zweimal herum und verknotete die vier Stränge so schnell, dass Tom dachte, der Vampir hätte seine Finger mit hineingeknüpft.

Bevor er sich's versah, baumelte die erste improvisierte Lore schon an dem Flaschenzug und sauste nach unten.

»Ihr seid so … krass«, murmelte Tom, und Vlarad sah ihn tadelnd an. »Wenn du dir nicht bald ein neues Wort überlegst, pendle ich dir dieses *krass* einfach aus dem Wortschatz, Junge.«

Während der Vampir drei weitere Gondeln an das Seil knüpfte, zog Welf bereits die erste Ladung Erde nach oben. Da Wombie den Aushub einfach nach »irgendwo oben« warf, mussten sie die Loren nur tief genug baumeln lassen und hochziehen, sobald sie sich vom Gewicht her *voll* anfühlten.

Hop-Tep nahm die vollen Wägelchen in Empfang und leerte sie ein paar Meter den Gang hinunter aus. Trotz ihrer Kraft und Schnelligkeit hatten sie Mühe, dem Tempo des Zombies zu folgen, der sich weiterhin wie von Sinnen durch den Boden grub und keine Anzeichen von Müdigkeit zeigte.

»Hoffentlich stößt Wombie bald auf einen Gang oder die Reste von dem versunkenen Haus«, schrie Tom über diesen verrückten Bergbaubetrieb hinweg.

»Sonst ist hier bald alles voller Erde! Oder können wir ihn irgendwie stoppen?«

»Ich befürchte, nein«, antwortete Vlarad. »Wenn Wombie sich etwas in den Kopf gesetzt hat, ist es nach momentanem Wissensstand unmöglich, ihn davon abzubringen.«

»Der wird sich doch nicht durch die Erdkruste bohren?«, stöhnte Tom.

»Nein, nach etwa drei Kilometern Tiefe herrscht bereits eine Hitze von zweihundert Grad. Bevor Wombie die durchschnittlich fünfunddreißig Kilometer dicke Erdkruste durchgraben könnte, wäre er längst verglüht.«

Verglüht!? Tom konnte gar nicht glauben, was er da hörte. »Aber … dann müssen wir das verhindern!«

»Nicht möglich«, gab Vlarad zurück. »Geh zur Seite, wir müssen hier Erde aufschütten.«

Wombie, rief Tom telepathisch in die Tiefe, *bitte hör auf!*

Die Antwort war ein starrsinniges *Gmmmhhh!,* gefolgt von weiteren dumpfen Erschütterungen irgendwo tief unten in dem gähnenden Schacht.

Tom sackte hilflos in die Hocke und drückte mit beiden Händen die Schläfen zusammen, damit sein Kopf nicht platzte vor Verzweiflung. »Das ist doch alles total wahnsinnig … total mega-irre-tausendmillionen-oberdrölfzig-wahnwitzig hoch zehn! Was hilft es der armen Mimi, wenn wir die Geisterbahn voll Erde schaufeln und Wombie da unten verglüht!?«

Gmmhh?

RUMS.

Gmmhhh!

»Gmmhh, Rums, Gmmhhh?«, wiederholte Tom und sah auf. »Was bedeutet das?«

»Ich tippe auf einen Zombie, der bemerkt, dass der Boden unter ihm nachgibt, dann in einen der Schächte plumpst und sich drüber freut«, antwortete Vlarad und grinste so breit, dass seine spitzen Eckzähne funkelten. »Wer geht zuerst?«

Kapitel 25:
Der Schacht

Noch ein bisschen … noch … noch … okay, stopp!

Tom stieg aus der schwankenden Gondel und leuchtete mit dem Lämpchen seines Smartphones den uralten Schacht entlang. Er stand in einem schnurgeraden Gang aus grob behauenem Fels.

Eigentlich hatte er jede Menge Holzbalken erwartet, aber anscheinend war das Gestein hier so hart, dass man damals keine Notwendigkeit gesehen hatte, irgendwas abzustützen. Wenn Tom beide Arme ausstreckte, konnte er die Wände links und rechts berühren. Er drehte sich um und schrie auf: »Woah! Oh Mann, Wombie, entschuldige, ich hab mich nur erschreckt.«

»Gmmhh.«

»Macht nix, alles gut. Ich bin echt froh, dass du dich nicht bis zum Erdkern durchgebuddelt hast.«

»Gmmhh.«

»Ja, das kann man wohl sagen.«

Vlarad, Welf und Hop-Tep landeten neben den beiden, als hätten sie die letzten hundert Jahre kaum etwas anderes gemacht, als sich in unterirdische Schächte abzuseilen.

»Gratuliere, Wombie«, sprach Vlarad anerkennend. »Du schaffst es auch nach so langer Zeit immer wieder, uns zu beeindrucken.«

Welf klopfte dem Zombie auf die Schulter, und auch Hop-Tep zeigte ihm ein »Daumen hoch«.

Tom schaute auf sein Handydisplay und seufzte. »Ähm, ich glaub, der Akku von meinem Handy geht demnächst in die Knie. Hat jemand von euch an eine Taschenlampe gedacht?«

»Das nicht, aber ...«, antwortete Vlarad geheimnisvoll, klaubte vier kleine Steine vom Boden auf, sprach eine kurze Beschwörungsformel und pustete anschließend darüber.

Schon begannen die Steine zu schimmern, und bald erhellten sie den Schacht mit einem leicht bläulichen, gleichmäßigen Licht. Vlarad verteilte die magischen Lämpchen an Welf, Hop-Tep und Tom.

»Wow, cool!«, sagte Tom und drehte das Steinchen in den Fingern. »Das mit dem Drüberpusten hab ich aber schon mal bei Gandalf gesehen.«

»Oder der bei mir«, antwortete Vlarad. »Wollen wir?«

»Kannst du Mimi orten, damit wir wissen, in welche Richtung?«, fragte Welf, und Tom schaute auf seinen Unterarm.

»Ja, kann ich. Sie ist … irgendwo da lang.« Tom deutete nach links in den schnurgeraden Schacht hinein.

Für Tom bereitete der enge Gang kaum Probleme, auch Welf, Vlarad und Hop-Tep mussten nur gelegentlich den Kopf einziehen. Für Wombie allerdings war hier unten entschieden zu wenig Platz. Mehrmals rammte sein Kopf lautstark gegen die tief hängende Felsendecke. Allerdings entschied Wombie jede dieser Runden für sich und hinterließ so eine kopfförmige Scharte nach der anderen.

»Ich vermute mal, dass wir so kaum das Überraschungsmoment auf unserer Seite haben«, murmelte Tom, als es hinter ihm wieder einmal krachte, rieselte und *gmmhhte.*

»Das stimmt«, ließ sich Vlarad vernehmen. »Aber dafür haben wir einen sehr stabilen, zu allem entschlossenen Zombie.«

»Den der Poltergeist schon mal ausgeknockt hat«, ergänzte Tom.

»Was dem Poltergeist nicht noch einmal gelingen wird«, setzte Vlarad hinterher.

»Wieso das denn?«

Der Vampir grinste grimmig. »Wombie im Geisterbahn-Aufbau-Modus mit einem Angriff zu überraschen, ist nicht schwer. Feinmotorik ist sein Ding nicht. Er braucht zum Beispiel all seine Konzentration, um die Wägelchen in die Schienen zu stellen. Jetzt ist Wombie aber im Battle-Modus, und ein Angriff ist das, worüber er sich gerade am meisten freuen würde.«

»Gmmhh!«

»Ja, Wombie, wir lassen dir gern den Vortritt. Aber bedenke, dass du den Poltergeist nicht mit der Faust treffen kannst.«

»Gmmhh.«

»Nein, ich glaube, man kann ihn auch nicht zertrampeln, aber uns fällt schon was ein.«

Tom hätte sich nicht gewundert, wenn Vlarad ihm nun noch erzählt hätte, dass der Zombie als Kind in einen Kessel voll Zaubertrank gefallen wäre, verkniff sich aber eine Bemerkung. Da fiel das Licht der magischen Steine auf ein Hindernis, und sie blieben alle stehen.

Vlarad betastete die Wand vor ihnen, die aussah, als wäre sie von oben in den Schacht gebrochen. »Holzbalken und Ziegel. Was meinst du, Tom?«

Der hatte bereits sein Smartphone gezückt und

verglich das Mauerwerk mit dem Foto des Gemäldes, auf dem sie das Haus des Richters zum ersten Mal entdeckt hatten. »Also, das sieht auf jeden Fall verdammt ähnlich aus, oder?«

»Und ist ziemlich sicher die einzige Hausmauer so tief unter der Erde«, ergänzte Welf.

»Bitte tretet zur Seite und lasst das Abbruchunternehmen nach vorn«, sprach Vlarad, und alle pressten sich gegen die Felswand, um Wombie genug Platz zu machen.

Der Zombie allerdings schien keine Notwendigkeit zu sehen, sich wenigstens zur Seite zu drehen, um so weniger Platz zu beanspruchen. So tappte er sowohl Vlarad als auch Welf mehrmals kräftig auf die Füße und klemmte dann noch Hop-Teps Kopf zwischen Wand und Schulter ein. Dessen Gesicht wurde nun einen halben Meter an der Wand entlanggeschubbert, und die Mumie war sicherlich froh über die schützenden Bandagen.

Tom konnte sich Gott sei Dank klein zusammenkauern und wich im richtigen Moment dem dicken Knie des Zombies aus, sodass er das Manöver als einziger ohne Blessuren überstand.

Ohne auch nur einen Arm zu heben, lief Wombie einfach durch die uralte Hauswand hindurch und hinterließ das übliche zombieförmige Loch.

»Wieso sieht das bei ihm eigentlich immer so aus?«, fragte Tom.

»Zombie-Tradition«, antwortete Vlarad und folgte Wombie durch die Öffnung.

»Und warum sind wir eigentlich so laut bei allem was wir tun?«, rief Tom dem Vampir hinterher.

»Weil leise nur langsam geht, und wir haben es eilig«, antwortete ihm Welf stattdessen.

Das war ein Argument.

Kapitel 26:
Das versunkene Haus

Sie betraten den seltsamsten Raum, den Tom jemals betreten hatte. Ganz offensichtlich war dies einmal ein Musikzimmer gewesen, denn hier standen die verrotteten Reste eines Flügels, einer großen Konzertharfe und eines Cembalos. Dazu gab es mehrere Notenständer und sogar ein Regal mit Noten, die Reste eines dicken Perserteppichs und ein Tischchen, neben dem die Scherben eines filigranen Teeservices lagen.

Dies waren aber noch die normaleren Dinge in dem Musikzimmer gewesen, das seltsame daran war, dass der Raum und vermutlich das gesamte Haus ziemlich schief stand. Das *spürte* man aber nur, man sah es nicht direkt. Denn um eine Schieflage sehen zu können, braucht man ja irgendetwas das gerade ist, um einen Vergleich zu haben. Da aber alle Dinge in diesem Zimmer auf dem gleichen, schiefen Boden standen, waren sie zwar zu der rechten Wand hinübergerutscht, aber eben im Verhältnis zum Boden nach wie vor aufrecht.

Aus den zerbrochenen Fenstern nach draußen zu sehen half auch nicht, weil man dort nur Felsen sah, die einem auch kein Gefühl für gerade oder schief vermittelten.

So fühlte sich für Tom alles eindeutig schräg an, aber seine Augen vermittelten ihm gleichzeitig, dass alles in bester Ordnung war.

»Vlarad«, stöhnte Tom und torkelte wie benommen auf den Vampir zu. »Kannst du bitte mal kurz dein Pendel rausholen und es einfach nur vor meine Augen halten?«

Vlarad tat ihm den Gefallen und hielt das Pendel an seiner dünnen Kette direkt vor Toms Nase. Eigentlich hatte der damit gerechnet, dass es ihm helfen würde, etwas vor sich zu haben, das auf jeden Fall senkrecht zur Erde herunterhing, aber da hatte sich Tom gehörig getäuscht! Nun hing in einem gerade aussehenden, aber eigentlich schiefen Raum ein Pendel, von dem Tom wusste, dass es gerade herunterhing – das aber im Verhältnis zu allem um ihn herum *schief* aussah!

»Leute … Ich muss … Ich glaub, ich muss …«, stammelte Tom und spürte, wie es in seinem Magen rumorte. Stolpernd tappte er hinüber zu dem alten Flügel, um sich darauf abzustützen.

Doch kaum hatte er es mit der flachen Hand auch nur angestupst, brachen die morschen Beine des schweren Instruments einfach in sich zusammen, und der Flügel prallte mit gigantischem Getöse auf den Boden.

»Das warst jetzt aber du«, bemerkte Welf trocken, griff Tom aber sogleich unter die Arme und stützte ihn. Leider verstand Tom davon nur so etwas Ähnliches wie »Bubu, Bubu, Bu«. Zwar hatte der lärmige Schock ihm jegliche Anwandlung von Übelkeit aus der Birne geschmettert. Dafür klingelten nun allerdings seine Ohren, als hätte er sich eine Blechtonne aufgesetzt und Wombie gebeten, eine halbe Stunde lang darauf Schlagzeug zu üben.

Welf stellte Tom vor sich hin und sagte noch irgendetwas, doch der sah ihn nur fragend an und deutete dann hilflos auf seine dröhnenden Ohren.

Du kannst uns nicht mehr verstehen, richtig?, hörte Tom da Vlarads Stimme in seinem Kopf, und er nickte.

Der Vampir sah aus, als würde er sorgenvoll seufzen. *Das ist höchst ärgerlich, denn so ein Hörsturz kann sehr lange andauern und im schlimmsten Fall nie wieder ganz verschwinden.*

»Was?«, flüsterte Tom schockiert. »Das bleibt vielleicht für immer?« Er war sehr überrascht, als Welf ihm kurzerhand den Mund zuhielt.

Warum musst du so irrsinnig schreien, Tom?

Tom schob die Hand des Werwolfs genervt zur Seite. *Ich hab nicht geschrien, ich hab geflüs… Oh Mist, ich hab geschrien und es nicht gemerkt?*

Welf und Vlarad nickten stumm.

Aber … aber was machen wir denn jetzt? So kann ich doch nicht … Was … Tom fühlte sich schrecklich. Wie sollte er denn so dabei behilflich sein, Mimi zu retten? Fast hätte er mitten auf den Teppich gereihert, danach hatte er erst einmal einen Begrüßungstusch auf dem Flügel geschmettert, und nun war auch noch bis auf weiteres sein Gehör ausgefallen?

Gerade wollte Tom die anderen bitten, ihn einfach wieder zurück nach oben in die Geisterbahn gehen zu lassen, als plötzlich Hop-Tep vor ihm auftauchte und ihm gleichzeitig etwas in die Hand drückte.

Tom sah nach unten und erkannte die Phiole mit dem Lazarus-Serum. Die geheimnisvolle Flüssigkeit bewahrte den Körper der Mumie vor dem Zerfall, und wenige Tropfen davon waren für Hop-Tep wertvoller als alles Gold der Welt.

Energisch schüttelte Tom den Kopf. *Das kann ich doch nicht … Du brauchst das doch dringender als ich, Hop-Tep!*

Die Stimme des Pharaos klang ebenso sanft wie eindringlich hinter Toms Stirn: *Mimi braucht unser aller Sinne und Talente dringender als ich einen weiteren Schluck aus dieser Phiole.*

Dann schloss die Mumie ihre Hände um Toms Finger und führte sie zusammen mit der Phiole an Toms Mund.

Tom schluckte und schüttelte sich kurz wegen des fürchterlich bitteren Geschmacks. Gleichzeitig spürte er aber, wie ihn die magische Flüssigkeit durchdrang und alles ins Reine brachte, was es in Tom zu reparieren galt.

Das dröhnende Rauschen in seinen Ohren verschwand, ebenso die Übelkeit, und dazu bemerkte Tom, dass er plötzlich keine Erschöpfung mehr verspürte. Sogar dieses unterschwellige Gefühl, eventuell demnächst heimlich pupsen zu müssen, wenn alle weit genug entfernt waren, löste sich auf in wohlige Entspannung.

Besser?, fragte Hop-Tep, und Tom nickte dankbar. »Und wie, vielen, vielen Dank. Das ist echt ein krasses Zeug, dein Lazarus-Serum. Unfassbar.«

»Krass dies, krass jenes, krass irgendwas«, stöhnte Vlarad. »Tom, vielleicht möchtest du deinen Unterarm konsultieren, ob wir uns denn schon in etwaiger Nähe zu unserer armen Mimi befinden?«

»Klar, na logo«, beeilte sich Tom zu sagen und schob seinen Ärmel zurück. »Also … wenn ich das hier richtig erkenne, dann ist Mimi höchstens ein paar Meter von uns entfernt … in dieser Richtung.«

Kaum hatte Tom auf die schmale Tür gedeutet, die schräg in den alten Angeln hing, war Wombie schon wieder losgelaufen. Es krachte, und die anderen sahen, dass der Zombie nun einen Flur entlangtappte. Um die Schultern trug er die Reste des morschen Türrahmens.

»Na dann«, murmelte Tom, und sie folgten Wombie den Flur hinunter.

Ein paar verstaubte Kristallleuchter hingen von der Decke und zeigten dadurch sehr deutlich, wie windschief das Haus tatsächlich stand. Dank Hop-Teps Serum hatte Tom aber überhaupt keine Probleme mehr damit, er fühlte sich blendend und war voller Tatendrang.

Tom überholte Wombie und stand schließlich vor einer pompös gestalteten Treppe, die links nach oben und auf der rechten Seite nach unten führte.

Er hob den Arm und überprüfte noch einmal die Position des Geistermädchens. Dann stutzte er. »Ich stehe jetzt eigentlich genau da, wo Mimi sein sollte. Ach so, Moment mal …« Er bewegte sich einen Meter zurück, damit sein Leuchtpunkt nicht mehr den von Mimi überlagerte. »Ihr Signal ist etwas schwächer als meins, also ist sie nicht genau hier, sondern immer noch ein paar Meter von uns entfernt – entweder nach oben oder nach unten.«

»Gut, dann teilen wir uns auf«, grollte Welf, doch Tom hob sofort die Hand. »Nein, das tun wir auf gar, gar, gar keinen Fall.«

Verwundert sah ihn der Werwolf an, aber Tom duldete keinen Widerspruch. »Leute, schaut ihr denn gar keine Filme, lest ihr keine Bücher? Immer wenn sich Leute auf einer Suche oder auf der Flucht aufteilen, endet das in irgendeiner Art blöd oder tragisch, und man fragt sich jedes Mal, warum die denn bitte so saudumm waren und nicht einfach zusammengeblieben sind. Wir sind *nicht* saudumm, wir trennen uns *nicht.* So. Und wir versuchen es jetzt erst einmal mit oben.«

Ohne abzuwarten, ob irgendjemand widersprechen würde, lief Tom die ersten Stufen der Treppe hinauf und war erst einmal weg. Dann krachte und polterte es irgendwo weiter unten, gefolgt von einem leisen, genervten Stöhnen.

Die anderen sahen durch das Loch in der maroden Holztreppe hinunter in den Keller, wo Toms magischer Leuchtstein den Boden erhellte. Er selbst lag inmitten der Reste einer ebenso morschen Kellertreppe, die seinen Fall erfreulich gut abgefangen hatte, und blickte peinlich berührt zu den anderen hinauf. »Ähm … oder wir schauen erst mal hier unten nach …«

Kapitel 27:
Mimis Gefängnis

Tom konnte von Glück sagen, dass das Lazarus-Serum immer noch in seinen Adern war. So hatte er nach dem Aufprall ganz schön heftige Schmerzen im linken Schulterblatt und beiden Beinen gespürt. Aber all das verschwand innerhalb weniger Sekunden, und als die anderen bei ihm unten gelandet waren, konnte Tom schon wieder aufstehen und fühlte sich genauso fit wie vor dem Sturz.

Er verkniff sich einen weiteren Hinweis auf das »krasse Serum«, nahm sich fest vor, dieses nervige Wort aus seinem Wortschatz zu streichen und checkte abermals Mimis Position.

»Da«, sagte er und deutete auf eine von mehreren schweren, identischen Eisentüren, die von dicken Mauern eingefasst waren.

Wombie wollte gerade wieder lostappen und die

Tür wie gewohnt einreißen, als sich Welf blitzschnell in den Weg stellte. »Wombie, stopp!«

»Gmmhh?«, war die unwillige Antwort, aber der Zombie blieb immerhin stehen.

Der Werwolf deutete auf die Eisentür. »Mit dieser Tür stimmt was nicht. Ich höre eindeutig ein leises Summen, das mir bekannt vorkommt. Und ich weiß, dass ich es hasse …«

Vlarad trat heran und sah die Eisentür scharf an, ohne ihr allzu nahe zu kommen. Dann lachte er leise und wendete sich den anderen zu. »Wie überaus erfreulich, dass der Vollmond naht und deine wölfischen Sinne sich wieder melden, Welf. Niemand von uns hätte diesen Ton wahrgenommen, wir wären schnurstracks in die Falle getappt. Ich weiß, woher du das Summen kennst und warum du es nicht magst, mein Freund: Ein ähnlicher Zauber wie einer von denen, die dein so innig verhasstes Spielzimmer sichern, wurde auch auf dieses Portal gesprochen.«

»Kra… bappel«, sagte Tom, und alle sahen ihn fragend an. »Was denn, ich versuche nur, dieses blöde Wort loszuwerden! Also, wie kommen wir da rein?«

Vlarad legte die Finger an die Schläfen und schloss die Augen. Dann schüttelte er den Kopf. »Ich kann nicht mit Bestimmtheit sagen, dass Mimi dort drin ist, denn ich bekomme nach wie vor keine telepathische

Verbindung zustande. Das mag an dem Zauber liegen, der auf der Tür liegt. Aber da ich ihn selbst schon einmal meisterte, müsste ich ihn eigentlich knacken können.«

»Komisch, dass du Mimi nicht erreichst, aber mein Gespenster-Navi trotzdem funktioniert, oder?«, wunderte sich Tom.

Dann überlegte er, und gerade wollte er seinen Gedanken laut aussprechen, als er sich eines Besseren besann und stattdessen den telepathischen Weg wählte.

Sagt mal … kommt es euch nicht auch komisch vor, dass wir es völlig problemlos bis hierher geschafft haben?

Was meinst du damit?, meldete sich Welf.

Na ja, denkt doch mal nach, entgegnete Tom. *Wir haben uns jetzt nicht gerade lautlos wie die Ninjas hier reingeschlichen, und trotzdem hat uns niemand aufgehalten. Jetzt stehen wir vor dieser Tür da, mein Navi zeigt an, dass Mimi direkt dahinter sein müsste, und das Einzige, was uns davon abhält, sie zu retten, ist ein Zauber, den du mit ein bisschen Magie knacken kannst? Da stimmt doch was nicht.*

Vlarad legte die Hand ans Kinn, Welf runzelte die Stirn, Hop-Tep kratzte sich lautstark an den Bandagen um den Kopf, und Wombie starrte ins Leere.

Wenn es eine Falle ist, war Vlarad schließlich zu vernehmen, *dann sind wir schon mitten hineingetappt.*

Ja, stimmt, antwortete Welf. *Aber noch ist sie nicht zugeschnappt. Die Frage ist, ob wir jetzt noch irgendwas tun können, weil Tom den Braten gerochen hat.*

Ja. Wir können was tun, sendete Tom. *Wir teilen uns auf.* Wieder einmal erntete er fragende Blicke.

Ja, ich weiß, ich hab vorhin was anderes gesagt, dachte Tom aufgeregt zu den anderen hinüber. *Aber jetzt ist die Situation ja auch eine andere. Vorhin ging es mir drum, dass wir uns nicht verlieren und dadurch angreifbar werden. Wenn ich aber recht hab mit meiner Vermutung, dass das hier eine Falle ist, dann geht unser Gegner jetzt davon aus, dass wir alle gemeinsam durch diese Tür da reintappen. Und genau das tun wir eben nicht.*

Weise Worte, meldete sich Hop-Tep. *Ich denke, wir sollten unserem jungen Freund folgen, und nur einer von uns betritt diesen Raum jenseits der Tür. Ich selbst werde mich etwas weiter entfernen und die Gänge erkunden.*

Einverstanden, antwortete Vlarad. *Dann werde ich zunächst alleine den Raum betreten, denn ich bin magisch geschult, und unter Umständen ist einer Geisterattacke nicht mit Muskelkraft oder Kampfkunst beizukommen.*

Ich komm mit, ergänzte Tom und setzte nach, bevor der Vampir widersprechen konnte: *Es geht um Mimi. Ich komm mit.*

Ich verstehe, antwortete Vlarad. *Also ihr anderen, bitte tretet zurück und folgt uns nur auf ausdrückliche*

Aufforderung oder wenn ihr der Meinung seid, dass wir eure Hilfe benötigen.

Okay, grollte Welf.

Gmmmhh, machte Wombie und streichelte dem Stoffhasen in seiner Tasche beruhigend mit einem Finger über die Ohren.

»Bereit?«, fragte Vlarad.

»Logo«, antwortete Tom.

Dann schloss der Vampir die Augen, hielt die feingliedrigen Hände beschwörend vor die verzauberte Eisentür und murmelte einen für Tom völlig unverständlichen Vers.

Tom hatte eigentlich etwas Spektakuläreres erwartet. Stattdessen sah er einfach nur einen schwachen magischen Schimmer, der von der Mitte ausgehend zum Rand der Türe hin verblasste. Dann schwang das schwere Türblatt auf und quietschte nicht einmal besonders laut. Die Enttäuschung war allerdings schnell vergessen, als Tom etwas Vertrautes grünlich schimmern sah …

»Mimi!« rief er, doch die Gestalt rührte sich nicht. Tom blickte fragend zu Vlarad. Der hielt Tom sanft zurück und schob ihn zur Seite. Dann richtete er sich zu seiner ganzen Größe auf, straffte seine Weste und trat dann mit lautlosen Schritten in den Raum jenseits der Tür.

Nichts passierte.

Vlarad ging noch ein paar unhörbare Schritte auf Mimi zu. Die bewegte sich immer noch nicht, und Tom wollte bei dem Anblick fast das Herz zerspringen. So gerne wäre er einfach losgerannt!

Mimi, rief er telepathisch. *Mimi, was ist denn los mit dir? Bitte antworte doch … irgendwie …*

»Sie kann nicht antworten«, sprach da der Vampir, und Tom bemerkte, dass die Stimme in dem vermeintlich kleinen Raum von einem seltsamen Echo hin- und hergeworfen wurde, das so gar nicht zu der Größe des Raumes hinter der Tür passen wollte.

Gerade wollte Vlarad weiter auf Mimi zugehen, als Tom laut rief: »STOPP! Keinen Schritt weiter, Vlarad!«

Der Vampir tat, wie ihm geheißen. Tom trat neben ihn, hob seinen Leuchtstein und warf ihn an Vlarad vorbei in den Raum. Der Stein fiel zu Boden … und war plötzlich einfach verschwunden.

Der Vampir beugte sich nach vorn, ohne sich von der Stelle zu bewegen. Dann meldete er sich telepathisch: *Nur zwei Zentimeter vor meinen Fußspitzen öffnet sich ein Schacht von solcher Tiefe, dass ich selbst mit meiner vampirisch exzellenten Sehkraft kein Ende zu erkennen vermag. Wären wir alle zusammen hier hineingelaufen, hätten einige von uns die Tiefe dieses Abgrunds persönlich kennengelernt. Die Hitze, die zu mir hinaufdringt, sagt mir, dass es am Grund dieses Schachts geradezu irrwitzig heiß sein muss. Vielen Dank, Tom.*

Was ist mit Mimi?, antwortete Tom, und er konnte sich nur mit größter Mühe daran halten, mit dem Vampir telepathisch zu sprechen. Am liebsten hätte er die Frage aus vollem Halse hinausgeschrien, so groß war seine Sorge um das arme Geistermädchen, das reglos in der Luft hing.

Sie ist unversehrt, aber in einer Stasis gehalten. Fraglos wurde sie als Köder über dem Abgrund platziert, antwortete Vlarad. *Ich werde versuchen, den Bann zu lösen, aber das kann ein bisschen dauern, denn es gibt etwa zweiundvierzig davon. Mit etwas Glück erwische ich den richtigen Spruch schon etwas schneller.*

Der Vampir verlor keine Zeit und versenkte sich sofort murmelnd in die Suche nach dem passenden Gegenzauber. Währenddessen stand Tom nervös im Rahmen der Tür und nagte hilflos an der Unterlippe. Zu gerne hätte er irgendetwas beigetragen, aber er konnte genau wie die anderen nur zusehen und warten.

Tom?, hörte er da die Stimme von Welf in seinem Kopf. *Wenn du dich jetzt gleich umdrehst, tu es langsam und lass dir nicht ansehen, wie viel Schiss du hast, okay?*

Ein höhnisches Lachen aus unzähligen geisterhaften Kehlen hinter ihm stellte Tom die Nackenhaare senkrecht auf und ließ dabei den Magen einmal um die eigene Achse rotieren.

Betont langsam drehte er sich um.

Tatsächlich: Vor ihnen schwebte der riesige Poltergeist mit all den kleinen wispernden Gefolgsgeisterlein und starrte sie aus hohlen Augenhöhlen an.

Tom wusste sofort, was nun seine Aufgabe war: Er musste Vlarad Zeit verschaffen, damit dieser Mimi aus ihrer Starre befreien konnte.

Okay, dachte er. Das krieg ich hin.

Er tastete hinter sich, erwischte die Eisentür und zog sie zu. Der Poltergeist sollte nicht zusehen können, wie Vlarad nach dem Spruch für die Lösung des Banns suchte.

»Hallo«, sprach Tom dann mit fester Stimme. »Wir würden gern mit der Geistermutter sprechen.«

Kapitel 28:

Der Fluch

Zu Toms Überraschung lichtete sich sofort ein Bereich in der Mitte des Poltergeisterverbunds. Zwischen den vielen kleinen Gespenstern schwebte nun ein Geist hervor, der zwar fünfmal so groß war wie die anderen, aber im Endeffekt nicht größer als Tom selbst.

Der sah sich die Erscheinung ganz genau an. Je länger Tom sie studierte, desto sicherer war er sich, darin zumindest die verblassten Züge einer jungen Frau zu erkennen.

»Sind Sie Leonora, die Ehefrau des Richters Theophilus, die unschuldig verurteilt wurde?«, fragte Tom rundheraus und registrierte zufrieden, dass die Gestalt ihn verwundert musterte.

»Das war ich«, antwortete das Gespenst schließlich. Die Stimme klang zwar hohl und irgendwie entfernt, aber eindeutig weiblich.

Immerhin, dachte Tom, sie kann zuhören und reden, ohne was kaputt zu hauen. Das ist ein Anfang.

»Also … erst mal will ich sagen, dass mir das echt leidtut, was Sie da erlebt haben«, sprach er weiter und spürte instinktiv, dass er den Geist hiermit wohl ein weiteres Mal überrascht hatte. »Ehrlich, ich kann verstehen, dass Sie den Heini verflucht haben, und ich versteh auch, warum Sie nach so langer Zeit immer noch sauer sind. Aber was ich nicht verstehen kann, ist, warum Sie meinen, dass es irgendwas bringt, wenn Sie unschuldige Menschen dafür bestrafen. Das find ich, ehrlich gesagt, ganz schön kacke.«

»Sie alle dort oben hielten dem Richter die Treue!«, schrie da die Geistermutter wütend. »Alle sollen sie unsere Rache spüren!«

»So ein Blödsinn!«, rief Welf wütend dazwischen. »Was soll der Quatsch, verdammt! Wann hat denn Rache jemals irgendwas besser gemacht?«

»Genau!«, bekräftigte Tom. »Wenn man sich rächt, dann denkt danach doch nur wieder irgendwer, dass er sich für die Rache rächen muss, und danach rächt sich einer für die gerächte Rache, und dann kommt die Rache für die Rache, die gerächt wurde, weil sich wer gerächt hat und so weiter und so fort. Das ist doch einfach nur bescheuert!«

Die Geistermutter sah aus, als wäre sie gedanklich

immer noch irgendwo im Mittelteil von Toms Monolog, und der nutzte die Gelegenheit. »Außerdem glaub ich, dass ich weiß, warum Sie unbedingt unsere Mimi haben wollen.«

Tom konnte den Stolz auf seine detektivische Kombination nur mühsam verbergen und begann nun, ebenso hin und her zu tigern, wie Vlarad das immer tat, wenn er im Sherlock-Holmes-Modus war. »Sie können als *Pulsar* nur nachts rumspuken oder zumindest nur da, wo kein Sonnenlicht ist, richtig? Richtig. Darum konnten Sie mich auch am helllichten Tag in meinem Zirkuswagen überraschen, denn ich hatte alle Vorhänge zugezogen und sogar das Licht unter dem Türspalt abgedichtet. Ihr Glück, dass der Wagen wegen unserem Vampir komplett sonnenlichtdicht gemacht werden kann.«

»Trau fürwahr, eine wahrlich liebliche Einladung!«, sprach die Geistermutter höhnisch und lachte.

Sofort stimmten auch die ganzen anderen Geister in das Gelächter mit ein. Schleimer, dachte Tom und ließ sich davon nicht aus der Fassung bringen.

»Ich hab den Wagen nicht wegen dir oder wegen euch verdunkelt, sondern weil ich Mimi sehen wollte«, sagte Tom mit fester Stimme. »Das ist, wie ihr sicher schon alle wisst, das Geistermädchen, das ihr in der Zelle hinter mir gefangen haltet. Sie ist ein *Emergus*, also ein Gespenst, das im Gegensatz zu euch auch tagsüber rumschwirren kann. Und jetzt vermute ich einfach mal Folgendes: Wenn die vielen kleinen *Pulsari* Sie immer stärker machen, dann werden die Fähigkeiten eines *Emergus* vielleicht ebenso auf Sie übergehen und somit dafür sorgen, dass Sie auch im Sonnenlicht rumpoltern können.«

Die Geistermutter lachte abermals, und Tom wusste, dass er ins Schwarze getroffen hatte. Da fiel ihm noch etwas ein, und die Erkenntnis traf ihn wie ein Schlag in den Nacken.

»Natürlich! Sie sind ja an diesen Ort gebunden, stimmt's? Und da lässt sich seit ewigen Zeiten kaum mehr jemand blicken, an dem man sich mal sauber rächen könnte. Aber da unsere Mimi an keinen *Ort*, sondern nur an ihr *Schicksal* gebunden ist, kann sie auch noch überall hinfliegen, wo sie hin will! Das könntet Ihr dann auch! Das wär ja mal so richtig ...«

»Krass?«, sprach da eine wohlbekannte sonore Stimme hinter ihm. »In der Tat, das wäre es.« Vlarad war aus der Tür getreten, und neben ihm schwebte Mimi das Geistermädchen.

»Mimi!«, rief Tom überglücklich. »Geht's dir gut, ist alles okay, bist du ...«

Die aufbrausende Stimme der Geistermutter übertönte ihn: »Doppelzüngige Ratte, die du bist! Hast uns hingehalten mit deinen vielen Worten und willst uns so des wertvollen Mädchens berauben? Das wirst du büßen und deine Gefährten mit dir!« Der Geisterverbund sammelte sich und bauschte sich zu beeindruckender Größe auf. Tom wich unwillkürlich zurück.

»Hey!«, rief da Mimi wütend und flatterte aufgeregt vor der Erscheinung auf und ab. »Damit eins mal klar ist! Egal, wie lang ihr mich da drin eingefroren hängen gelassen hättet, niemals wär ich ein Teil von euch geworden! Nie!«

Das Geistermädchen blähte sich nun ebenso auf, bis es genauso groß war wie der Poltergeist. Tom fand, dass das sogar noch eine Spur gruseliger aussah, da Mimis Kopf allein nun schon größer war als er selbst.

»Ihr wisst genau, dass wir Untoten solche Dinge freiwillig tun müssen, weil sonst die Fähigkeiten nicht auf euch übergehen«, rief die Riesenmimi wütend. »Das könnt ihr aber vergessen, okay? Weder hätt ich zugelassen, dass ihr auch am Tag herumrächen könnt, noch, dass ihr mit mir ein Ticket weg von hier bekommt! Dass ihr dann meinen Freunden auch noch eine Falle gestellt habt, nur um ein oder zwei von ihnen in diesen Abgrund fallen zu lassen, ist echt das Allerhinterletzte, boaaaahhh, bin ich *sauer*!«

Tom hatte während Mimis Wutausbruch das dringende Gefühl bekommen, sie nun doch mal bremsen zu müssen, denn es war nicht gerade die beste Idee, die Geistermutter mitsamt ihren Minigeistern jetzt auch noch wütend zu machen.

»Also, im Endeffekt wollen wir doch alle das Gleiche …«, bemühte er sich darum, in Mimis erste Sprechpause einzuwerfen. »Wir wollen alle Gerechtigkeit, oder? Es ist aber voll ungerecht, die Menschen von heute für irgendwas zu bestrafen, was irgendwelche anderen Leute vor so langer Zeit verbockt haben.«

»Der Junge spricht wahr«, ertönte da plötzlich eine unbekannte Stimme, und alle sahen sich verwundert um.

Aus der Richtung, in die vorhin Hop-Tep gegangen war, schälte sich eine weitere Geistererscheinung. Sie wirkte hager und ausgezehrt und bewegte sich nur sehr langsam. Außerdem leuchtete sie nur sehr schwach und war sogar hier im matten Schein der magischen Steine schwer zu erkennen.

Hinter ihr trat nun auch Hop-Tep aus dem Gang.

Ich fand ihn hinter einer verborgenen Tür, wo er seit Jahrhunderten eingesperrt war, sendete die Mumie telepathisch an Tom, Mimi und Vlarad. *Als ich sie öffnete, brach ich den Ortsbann, und jener Geist hier erklärte sich bereit, mitzukommen.*

»Ich fass es nicht!«, staunte Tom. »Ich wette, das ist …«

»Theophilus«, flüsterte die Geistermutter und mit ihr die kleinen Poltergeister. »Du warst mit uns hier unten all die Jahre … und wir ahnten nichts davon.«

Dann starrte sie die Mumie fragend an, und die hob beschwichtigend die bandagierten Hände. *Machen Sie sich keine Vorwürfe, verehrte Dame. Als ehemaliger Bewohner eines ägyptischen Grabes bin ich im Auffinden verborgener Durchgänge fraglos überdurchschnittlich geschulter als andere Untote.*

Da schrumpfte der Gespensterverbund wieder auf seine normale Größe, und die Geistermutter schwebte aus dem Gewusel vor den Neuankömmling.

»Ja, wir bewohnten alle die Jahre ein gemeinsames Verlies, nur durch einen Türbann getrennt …«, sprach der Geist des Richters. »So hört mich an! Nachdem ich unzählige arme Teufel zu Unrecht und für meinen eigenen Vorteil abgeurteilt hatte, regte sich Wut bei den Bürgern. Doch niemand traute sich, gegen mich Wort oder Hand zu erheben, zu groß war die Angst vor meiner Macht und Grausamkeit. Als ich jedoch sogar dich, meine eigene Ehefrau, zu Unrecht verurteilte, beschlossen die braven Bürger von Grubweiler, deinen Fluch in die Tat umzusetzen, um sich für immer von mir zu befreien.«

Der Geist des Richters hielt inne, als die Erinnerung zurückkam. »So ergriffen sie mich und sperrten mich in den Keller meines eigenen Domizils. Dann legte man Schwarzpulverladungen in die Tagebauschächte unterhalb des Platzes und ließ mich mitsamt meinem Haus und allem Hab und Gut in die Erde fahren, so wie du, Leonora, es mir prophezeit hattest.«

Es war gar nicht der Poltergeistverbund, der das Haus versenkt hat!, staunte Tom zu den anderen hinüber. *Es waren die Bürger von Grubweiler selbst!*

Doch der alte Richter war noch nicht fertig. Er seufzte tief und blickte traurig in die Runde. »Meine grausamen Taten, all das Leid, das ich verursacht hatte, ballte sich zu einem mächtigen Fluch und verdammte mich dazu, als Untoter jenseits dieser Kellertür auf ewig zu bereuen. Und ja, genug Zeit verging, dass ich meine Gräueltaten bereuen und Tausende Male noch einmal bereuen konnte.«

Theophilus schwebte auf den Geist seiner Frau zu. »Und drum bitte ich dich, Geist meiner armen, geplagten Ehefrau Leonora, und auch euch, ihr untoten Seelen all derer, deren Leben ich verdarb: Habt Erbarmen mit den Nachkommen der braven, geschundenen Bürger, die sich letztendlich nicht anders mehr zu helfen wussten, als sich gegen ihren grausamen Richter zu erheben, um so meinem teuflischen Wirken ein furchtbares Ende zu setzen. Das, was ihr rächen wolltet, es ist längst gesühnt und zugleich ungeschehen gemacht von denen, die ihr strafen wolltet.«

Der Geist der Ehefrau des Richters schwieg, und auch die anderen Poltergeister waren verstummt.

Theophilus schwebte noch näher heran. Dann beugte er sein greises Haupt und kniete vor der Geistermutter auf dem steinigen Boden.

»Leonora«, flüsterte er. »Ich war deiner nicht würdig und bin es auch jetzt nicht. Du warst ein guter, ein wunderbarer Mensch, eine Frau voll Güte und Herzenswärme. Lass ab vom Hass und erinnere dich deiner selbst. Ich bitte dich …«

Dann streckte Theophilus seiner Frau Leonora die knochige Hand entgegen und wartete. Alle anderen warteten mit, und jeder war gespannt, was nun geschehen würde.

Tom spürte einen Kloß im Hals und bemühte sich, nicht darüber nachzudenken, damit die anderen nichts davon mitbekamen.

»So lange Zeit nährte mich meine Wut«, sprach dann endlich Leonora, und ihre Stimme hatte jegliche Grausamkeit verloren. »Und nun soll ich sie einfach abstreifen und vergeben?«

»Ich frag mal andersrum«, antwortete Welf und trat vor. »Was war denn daran so toll die letzten Jahre? Wissen Sie, ich bin auch nicht gerade der Sonnenschein in unserer untoten Familie hier, aber eins hab ich gelernt: Wer Kack macht, fühlt sich kacke. Und das ist dann ein Kack.«

»Gmmhhh«, machte eine hünenhafte Gestalt gegenüber von Welf, und es klang wie eine wortreiche Bestätigung.

»Na, so kacke war ich nun auch wieder nicht!«

»Gmmhh.«

»Na gut, aber jetzt bin ich's nicht mehr, oder?«

»Gmh.«

»Na, vielen Dank.«

Tom hob die Hand, um weitere Diskussionen rund um Welfs Gemütszustände zu unterbrechen, und richtete ebenfalls noch einmal das Wort an die Geistermutter: »Wie wär's, wenn Sie versuchen, sich daran zu erinnern, wie sich der Mensch entschieden hätte, der Sie früher waren? Was hätte Leonora Ihnen geraten?«

Tom richtete seinen Blick zu den anderen Geistern, die das Geschehen die ganze Zeit über stumm mitverfolgt hatten. »Und was ist mit euch? Ja, ihr wurdet unschuldig verurteilt. Aber hättet ihr damals ebenfalls Leid verbreiten wollen? Versucht euch zu erinnern, wer ihr damals wart!«

Er machte eine Pause, als er bemerkte, dass die vielen Poltergeister zwar interessiert zugehört hatten, aber nun zunehmend unruhig hin- und herschwirrten. Es wirkte ganz und gar nicht, als würden sie sich an irgendetwas erinnern.

Verdammt, in einem Film wäre das jetzt ein cooler Moment gewesen, dachte Tom. Was machen wir denn jetzt?

»Mit Verlaub«, meldete sich Vlarad. »Hierbei könnten wir behilflich sein, wenn Sie gestatten. Da Sie alle als *Pulsari* in der Lage sind, Dinge zu berühren, würde ich Sie bitten, ihre Hände auf die meinen zu legen.«

Die anderen Untoten ahnten sofort, was der Vampir vorhatte, traten vor und streckten ebenfalls die Hände aus. Auch Wombie trat stoisch heran, holte Odor aus der Tasche und legte dessen kleine, abgenutzte Stoffärmchen obenauf.

Tom musste sich überwinden, ebenfalls hinzuzutreten, denn der infernalische Gestank des seit Ewigkeiten ungewaschenen Stoffhasen war kaum auszuhalten. Er versuchte, nicht durch die Nase zu atmen, und legte ebenfalls seine Hände dazu. Schließlich schwebte auch Mimi heran, die sich die ganze Zeit skeptisch im Hintergrund gehalten hatte, und streckte ihre durchsichtigen Finger aus …

Dass nun auch das Geistermädchen, das sie eigentlich gefangen hatten, um ihre Fähigkeiten auszunutzen, bereit war, zu helfen, gab den letzten Anstoß: Der

Erste der kleinen Geister flatterte fast schüchtern heran und legte seine Hände auf die der anderen. Tatsächlich spürte Tom die kalte Berührung des kleinen Pulsars auf seiner Haut und konnte nicht anders, als – nur ganz, ganz kurz – daran zu denken, wie es wohl wäre, wenn er auch Mimis Berührung wahrnehmen könnte. Dann wurde seine Aufmerksamkeit aber vollständig belegt von den unzähligen Poltergeistern, die nun alle herbeischwebten, um sich immer aufgeregter einen Platz an den Händen, Armen oder auch den Schultern von Tom, Vlarad, Welf, Hop-Tep oder Wombie zu sichern. Zuallerletzt schließlich streckte nun auch die Geistermutter ihre Hände aus und legte sie ganz zuoberst auf. Tom atmete erleichtert aus und war gleichzeitig gespannt, was nun passieren würde …

Vlarad ließ einen Summton ertönen, und Tom schloss unwillkürlich die Augen. Zum zweiten Mal in den letzten Tagen ertönte in einem Bett aus mächtigen Chorälen der feierliche Schwur, den die Untoten der *Schreckensfahrt* einst gelobt hatten:

»Ewig Zeit ward uns gegeben.
Wahr und Gut sei unser Streben.
Ehren wollen wir das Leben.«

Als Tom es mittendrin wagte, kurz neugierig die Augen zu öffnen, sah er, dass an Stelle der Geistermutter eine schöne Frau mittleren Alters stand: Leonora.

Sofort fielen ihm die vielen gutmütigen Lachfältchen um die geschlossenen Augen und die fein geschwungenen Lippen auf, die es eindeutig gewohnt waren, viel und gern zu lächeln. Sie wirkte glücklich und zufrieden.

Um sie herum erschienen nun nacheinander unzählige andere Menschen. Männer und Frauen jeden Alters, und sie alle wirkten ebenso entspannt wie Leonora. Die geisterhaften Gestalten überlappten sich gegenseitig, und bald standen so viele von ihnen sozusagen »ineinander«, dass man sie nicht mehr voneinander unterscheiden konnte.

Verwirrt von dem Anblick wollte Tom gerade wieder die Augen schließen, als er noch sah, dass Leonora zu Theophilus hinüberblickte, der sich die ganze Zeit etwas abseits gehalten hatte. Sie streckte ihre Hand aus, und der Geist des alten Richters starrte ungläubig zurück. Erst nach einer ganzen Weile schwebte er langsam heran, streckte dann ebenfalls die Hand nach der ihren und ergriff sie. Ein Geräusch, das klang wie eine Mischung aus Seufzer und Windhose rauschte durch das unterirdische Gewölbe und ließ die schweren Eisentüren in ihren rostigen Angeln quietschen.

Tom war von dieser Geste so ergriffen, dass er glatt ein paarmal blinzeln musste. Leonora und ihr Verbund aus gequälten Seelen hatten dem Richter tatsächlich vergeben … Tom schloss die Augen komplett und öffnete sie erst wieder, als der Gesang zu Ende und der Chor verstummt war.

Sie waren allein. Leonora, Theophilus und all die anderen Geister waren verschwunden.

Kapitel 29:

Die Scht

Der Rückweg durch das unterirdische Haus des Richters und den Bergwerksschacht war problemlos gewesen und hatte nur einen Bruchteil der Zeit gekostet, den sie mit dem Hinweg verbracht hatten.

Tom hatte eigentlich mit mehr Problemen bei der Bewältigung der zerstörten Kellertreppe gerechnet. Dass Wombie ihn einfach hochwerfen und Welf ihn oben auffangen würde, war ihm nicht in den Sinn gekommen. Wombie selbst war einfach hinaufgeklettert. Die nötigen Griffmulden und Tritte in der Wand hatte er sich selbst geschaffen, indem er eben Finger oder Füße in die Wand schlug, wo es ihm passend schien.

Ein bisschen unangenehm war die Reise durch den senkrechten Schacht nach oben gewesen. Aber nicht etwa, weil sie beschwerlich war, sondern aufgrund der rasenden Geschwindigkeit: Die Untoten hatten Tom gebeten, sich in eine der Gondeln zu setzen und sich dann bitte *sehr gut festzuhalten.* Kaum hatte er sich in das Wägelchen mit allen Vieren eingespreizt, war er auch schon durch den Schacht nach oben geschossen.

Im Nachhinein verglich Tom diese Sekunden mit einer Mischung aus Nonstop-Aufzug im Fernsehturm und einem Raketenstart. Und ihm wurde jedes Mal ein bisschen schwindelig, wenn er nur daran dachte.

Als sie alle wohlbehalten im Inneren der *Schreckensfahrt* angekommen waren, wurde Tom erst das Ausmaß der Zerstörung bewusst. Auch Mimi schwebte fassungslos mit offenem Mund umher und deutete stotternd von einer Problemzone zur anderen. »Die Wagen … Ihr habt … vier Stück zerlegt und … alles ist voller Erde, ach du liebe Zeit, *alles ist voller Erde*! Und Steine! In den Gleisen! Und … da ist ein Loch in dem Mahagoni-Sarg und … wieso hängt die Hälfte der Zeltrückwand herunter und … warum …«

Tom breitete lachend die Arme aus. »Alles für dich, Mimi. Und weißt du was? Wenn's was gebracht hätte, dann hätten wir den Kasten hier auch bis auf die Grundfesten abgefackelt.«

»Vergiss es«, grollte Welf.

»Oh Mann, das hab ich doch nur …«

»Damit macht man keine Witze.«

»Okay, okay«, stöhnte Tom. »Also Mimi, wir füllen für dich gern die Geisterbahn mit Erde auf, schlagen Löcher rein, pappen die Rückwand mit Klebeband fest, zerlegen die Gondeln, zerschneiden die Spannseile und zerstören alles im Umkreis von mehreren Metern, aber angezündet hätten wir die Geisterbahn nicht.« Er zog die Augenbrauen hoch und drehte sich um zu Welf. »Zufrieden?«

Der Werwolf nickte. »Sehr gut. Wenn du jetzt vielleicht so freundlich wärst, mich hinüber zum Käfig zu begleiten? Der Vollmond ruft, und ich verspüre die schwer zu kontrollierende Lust, irgendwem die Schulter abzubeißen.«

»Oh, klar, klar!«, rief Tom und stakste hinter dem Werwolf her über die Berge von steinigem Aushub. »Falls ihr Lust habt, schon mal ein bisschen aufzuräumen, ähm … keiner hält euch auf«, rief er den anderen über die Schulter zu, bevor er um die Ecke verschwand.

Kurz bevor Tom die Gitter von Welfs Käfig schloss, wendete er sich noch einmal an den Werwolf. Der saß bereits auf dem Hocker in der Ecke des »Spielzimmers« und kaute missmutig an einer harten Salami.

»Ähm … ich hab mir was überlegt«, sagte er, und sein Onkel sah ihn fragend an.

»Also wegen dieser Lampen da oben. Du weißt schon, unser *Schreckensfahrt*-Schriftzug.«

Tom wich einen Schritt zurück, als Welf die spitzen Zähne fletschte. »Woah! Wir können auch später drüber reden, kein Problem!«

»Wasch denn, nein, allesch gut«, beeilte sich der Werwolf zu sagen und pulte mit einem Zahnstocher hinter dem linken oberen Eckzahn herum. »Die Schalami bleibt mir nur immer in den Dschähnen hängen«, nuschelte er. »Wasch wolltescht du schagen?«

Tom entspannte sich wieder, atmete einmal durch und begann dann von Neuem: »Du hast doch gesagt, dass ihr immer diese sündhaft teuren, alten Kohlefaden-Birnen verwendet, und ich hatte vorgeschlagen, dass wir doch lieber LED-Lampen nehmen. Inzwischen ist auch das A kaputt, und wir sind jetzt nur noch die Schrt.«

Welf seufzte tief. »Du hast ja recht, Junge. Wenn es billiger ist und halbwegs okay aussieht, ist das sicher vernünftig. Aber weißt du, wir hängen eben an dem alten Kram und …«

»Nein, das mein ich gar nicht«, unterbrach ihn Tom. »Was ich sagen wollte ist: Ich finde diese antiken Glühbirnen mit dem Glimmdraht total schön und würde gern erst mal schauen, ob man so was nicht im Internet ein bisschen günstiger ersteigern kann. Weil ich glaube, das Besondere an der *Schreckensfahrt* ist doch gar nicht, dass wir technologisch auf dem neuesten Stand sind. Das Tolle ist, dass hier alles noch genauso aussieht wie vor über siebzig Jahren. Und vielleicht sollten wir einfach auf diesen Nostalgie-Effekt bauen und uns den ganzen neumodischen Kram sparen. Denn das machen die anderen schon verdammt gut, und wir wären nur eine Geisterbahn von vielen.«

Welf hatte vor Überraschung vergessen, den Zahnstocher wieder aus dem Zahnzwischenraum zu ziehen und bemerkte jetzt erst, dass ihm darum der Mundwinkel offen stand.

Dann nickte er, und ein Lächeln zuckte kurz über seine dünnen Lippen. »Klingt nach einem guten Plan, Junge.«

Doch bevor die Situation drohte, zu sentimental zu werden für den bärbeißigen Werwolf, deutete er aus dem Käfig hinaus und grummelte. »Aber jetzt mach, dass du hier rauskommst, sonst beiß ich dir ausversehen die Rübe ab, und danach will's keiner gewesen sein.«

Dann lachte er heiser, und Tom lachte mit. Gleichzeitig aber ging er vorsichtig rückwärts, bis er aus dem Käfig getreten war, und ließ dann doch recht schnell die magischen Gitterstäbe schließen.

Als Tom die Vorhänge des Wagens zurückzog, sah er zum ersten Mal seit Stunden, was sich inzwischen auf dem Platz getan hatte. Er erkannte die Gestalt des Veranstalters Frank Barthelmann zwischen den Leuten und beeilte sich, nach draußen zu kommen, um ihn abzupassen.

»Herr Barthelmann! Ähm, Frank? Hallo!«, rief Tom, und der Gerufene drehte sich zu ihm rum.

»Du schon wieder«, brummte er, klang aber eher amüsiert als genervt. »Was ist es diesmal? Hagelsturm, Tornado oder Flutwelle?«

»Hi, hi, nein«, lachte Tom. »Ich wollte nur sagen, es ist alles gut, hier wird nix mehr beben, und Sie können hier ab sofort so viele Märkte abhalten, wie Sie wollen.«

Der Veranstalter musterte Tom. »Echt jetzt?«

Tom nickte ernst. »Ja, echt. Ganz ohne Scheiß.«

Frank Barthelmann überlegte und fuhr sich dabei mal wieder über die Stoppeln auf der Glatze. »Ist echt verrückt, dass du das jetzt so sagst, weil ich hab auch gerade mit den Wissenschaftlern da drüben geredet. Und die haben mir genau das Gleiche gesagt. Es gibt hier überhaupt gar keine Anzeichen oder Gefährdungen für weitere Beben. Unter uns sind wohl ein paar alte Bergwerkstollen, aber die liegen tief genug und sind stabil.«

Er deutete hinüber zur *Schreckensfahrt.* »Die haben zwar da drüben, zwischen eurer Geisterbahn und dem Platz, wo das Spiegelkabinett stand, irgendwas gemessen, was auf alte Bausubstanzen im Boden schließen lässt, und irgendwas hat vor ein paar Stunden wohl mal ganz schön gerumpelt, aber das kann auch die Baustelle vom Neubaugebiet gewesen sein. Auf jeden Fall ist da auch alles intakt und nix bewegt sich. Nicht einmal hinter dem Komma.«

»Sag ich doch«, bestätigte Tom. »Es ist jetzt alles in Ordnung. Garantiert.«

»Du willst mir nicht vielleicht erklären, warum du dir da so sicher bist?«

»Nein, das will ich nicht.«

»Hab ich mir gedacht«, seufzte der Veranstalter. »Aber komischerweise bin ich mir sicher, dass du recht hast.«

»Können Sie auch«, antwortete Tom und grinste Frank Barthelmann an. »Echt jetzt. Ich muss jetzt rüber in unsere Geisterbahn, wir müssen noch jede Menge aufräumen und reparieren wegen … dem … Erdbeben. Und so. Aber ich denke mal, spätestens morgen Mittag könnten wir zusammen mit allen anderen, die noch nicht weg sind, eröffnen. Wenn Sie wollen.«

Kapitel 30:
Eröffnung

Tags drauf hatte Tom es sich in dem kleinen Kassenhäuschen bequem gemacht und zählte gerade das Wechselgeld, das Welf ihm vorhin von der Bank besorgt hatte. Der Werwolf hatte die Nacht gut überstanden. Es juckte nur noch ein wenig, wo der Haarwuchs sehr dicht gewesen war, und er musste wieder seine Brille tragen, da die Augen immer ein wenig länger brauchten, um sich wieder an die menschliche Form zu gewöhnen. Ansonsten war er aber einsatzfähig und ebenso erleichtert wie Tom, dass sie es so schnell geschafft hatten, alles wieder auf Vordermann zu bringen.

Tatsächlich hatten Hop-Tep, Vlarad und Wombie unter fachkundiger Anleitung von Mimi schon gestern Nacht alles wieder in Ordnung gebracht. So hatten sie den Rest der Nacht und den ganzen Vormittag Zeit gehabt, noch ein paar Stellen auszubessern. Und Tom war nach einer kurzen Internetrecherche losgeradelt und hatte in einem kleinen Lampenladen der Grubweiler Altstadt tatsächlich eine ganze Schachtel voller Kohlefaden-Birnen zu einem erschwinglichen Preis gefunden. Während er auf der Balustrade herumkletterte, um die Lampen selbst in die Fassungen zu drehen, half Welf der Dame vom Eisstand nebenan, das Dach ihrer Bude zu reparieren.

Tom hatte von hier oben einen tollen Ausblick über das gesamte Gelände: Natürlich waren einige der anderen Schausteller und Budenbesitzer abgereist, und der Veranstalter hatte diejenigen mit den mobilen Ständen darum gebeten, die entstandenen Lücken aufzufüllen. Die vielen Berichte in allen Medien über das geheimnisvolle Erdbeben in Grubweiler hatte aber so viele Menschen auf den Markt aufmerksam gemacht, dass die neugierigen Besucher sich schon am frühen Morgen vor der Absperrung auf die Füße getreten waren. Im ganzen Umkreis war längst kein einziger Parkplatz mehr zu finden, und die Stadtverwaltung hatte Frank Barthelmann schließlich erlaubt, auch den freien Platz hinter der Kirche zu verwenden, um dem Andrang irgendwie Herr werden zu können.

Ihr glaubt gar nicht, was hier los ist, Leute! Zehnmal so viele Besucher, dazu Presse, Fernsehen und … ein Drittel weniger

Schausteller! Das ist unsere Chance!, sendete Tom aufgeregt vom Dach zu den anderen ins Innere der Geisterbahn.

Das wird der Hammer!, antwortete ihm Mimi begeistert. *So ein Andrang war bei keinem einzigen von den Märkten in den letzten zehn Jahren! Yeah!*

Wir werden ihnen eine Fahrt bescheren, die sie ihren Lebtag nicht vergessen, schnarrte der Vampir.

Und darüber hinaus, ergänzte die Mumie.

Denkt daran, es geht um Grusel, nicht um Herzstillstand, warf Tom zur Sicherheit ein.

Gmmhh, machte Wombie, und Tom wusste, der Zombie war ganz seiner Meinung.

Vlarad klang auch über die telepathische Verbindung amüsiert. *Keine Sorge, mein Junge. Wir sind Profis und treiben es nicht zu … krass.*

Welf war gerade fertig geworden mit der Dachreparatur und hatte es sogar geschafft, der Eisverkäuferin auszureden, ihm zum Dank eine extragroße Portion Eiscreme als Wegzehrung mitzugeben.

Tom winkte ihm von oben zu, und erst als er sicher war, dass der Werwolf zu ihm hinaufsah, steckte er stolz den wasserdichten Stecker in die dafür vorgesehene Verbindung. »Tadaaa!«, rief er, als nun zum ersten Mal, seitdem Tom die Geisterbahn offiziell in Besitz genommen hatte, der volle Name über der Balustrade aufflackerte: Willkommen in der Schreckensfahrt!

GHOSTSITTER

Das ist ja gerade noch mal gut gegangen. Was erwartet Tom und seine geisterhaften Freunde wohl im nächsten Band? Sei dabei, wenn die Bewohner der *Schreckensfahrt* ein neues Abenteuer erleben!

Tommy Krappweis stand für *RTL Samstag Nacht* vor der Kamera und gründete 1999 die bumm film GmbH. Mit Norman Cöster erfand er die KiKA-Kultfigur Bernd das Brot, wofür es den Goldenen Spatz und den Adolf-Grimme-Preis gab. Im April 2015 war der Auftakt seiner Schneiderbuch-Trilogie *Mara und der Feuerbringer* auf der Kinoleinwand zu sehen. *Ghostsitter* ist Tommys neuester Streich.